KB055820

글 | 무라사키 유키야

그림·기획 | 미조구치 케이지

14세(열네 살)와 일러스트레이터 5

A fourteen and an illustrator.

으, 크다…….

우후……, 좋은 탕이네요오.
하얀 모래,
유우토 군, 얼른 와?
이거, 기분 좋은 거야.

역시 유우토 선생님은 자상하시네요.
평범한데…….
그럼 사실 세상 사람 모두가
정말 자상한 거네요.

파레오 안쪽은
어떻게 되어 있는지 신경 쓰이네요.
네에?!
죄, 죄송합니다, 방금 한 말은……
……이, 이런 느낌이에요.

CHARACTERS

[P.N 유우토]

쿄바시 유우토

점점 평가가 올라가고 있는 일러스트레이터. 14세가 돌봐주고 있다.

모두 함께 여행을 가는 것도 즐거울 것 같네.

[C.N 노노노]

노기 노노카

유우토와 그가 키우는 고양이를 돌봐주는 14세 코스플레이어.

고양이는 늘어나거든요~.

[P.N 가지와 오이]

사에키 아스미

유우토에 대한 마음을 자각해가고 있는? '스토커 청소기' 미인 일러스트레이터.

모처럼 왔으니 기념 촬영을 할까요?

[P.N 진구지 카미에]

카미하라 미나미

가지 씨가 새로 이사온 집에 들이닥쳐서 동거 중. 애칭 하라미.

끄아악!! 실수해버렸다아~!!

CHARACTERS
A fourteen and an illustrator.

[P.N 오구라 마리]

마리 마르셀 코쿠라

잘나가는 소설가. 여럿이서 가는 여행에 첫 도전!

거짓말을 그럴싸하게 쓰는 사람이야.

[P.N 하얀 모래]

???

**마리와 함께 일을 하게 되어 고생이 많은 일러스트레이터.
유우토를 선배라 부르며 따르고 있다.**

여기, 저희 집이거든요.

[P.N 쿄바시 아야카]

쿄바시 아야카

초일류 일러스트레이터지만 남동생을 지나치게 좋아한다.

유우! 유우! 유우!

[P.N 니시키]

쿠라야마 니시키

굴 전골, 정말 좋아.

또…….

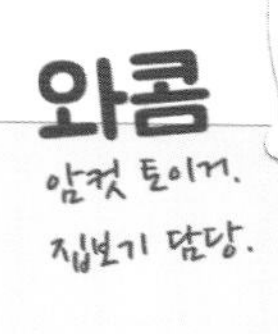

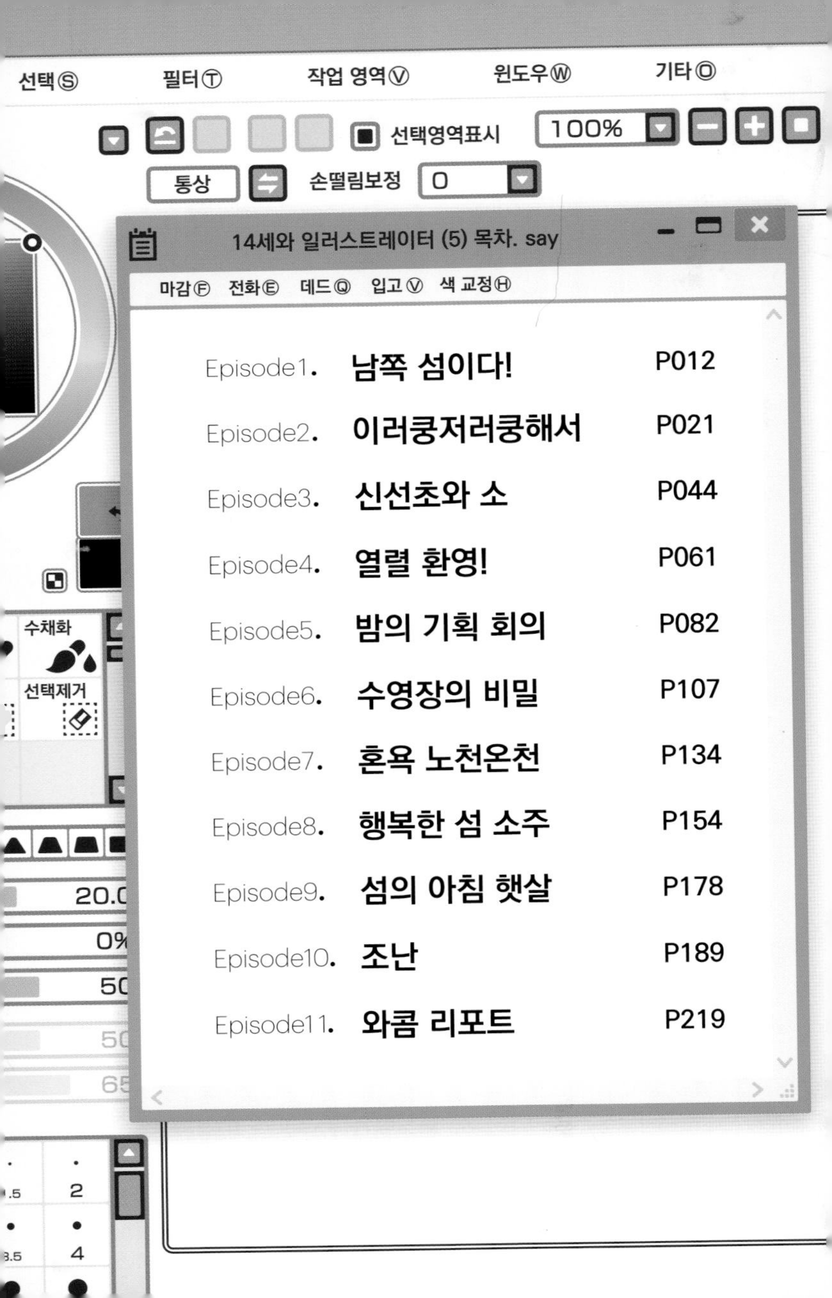
선택Ⓢ
필터Ⓣ
작업 영역Ⓥ
윈도우Ⓦ
기타Ⓞ
선택영역표시
100%
통상
손떨림보정
0
14세와 일러스트레이터 (5) 목차. say
마감Ⓕ 전화Ⓔ 데드Ⓠ 입고Ⓥ 색 교정Ⓗ
수채화
선택제거

열네 살
14세와 일러스트레이터
ourteen and illustrator.
글 무라사키 유키야
그림·기획 미조구치 케이지
5

일러스트, 기획 | **미조구치 케이지**

나는 동료가 되고 싶었던 거였구나.
안개가 걷히고, 시야가 탁 트인 것 같은 기분이 들었다.
이제 한 발짝 내딛기만 하면 된다.
가슴 한가득, 기대와 불안한 마음이 차올랐다.

Episode 1. 남쪽 섬이다!

공항 현관을 나서자 바닷바람이 볼을 쓰다듬었다.

눈 부신 햇살에 유우토는 눈을 가늘게 떴다.

"오오……."

옆에 나란히 서 있던 노노카가 기운차게 두 손을 들었다.

"와아~, 따뜻하네요!"

투명한 느낌이 드는 푸른 하늘에 떠 있던 것은 새하얗게 빛나는 태양――, 도시에서 건물 사이로 뿌옇게 보이는 것과는 전혀 달랐다. 비행기를 타고 온 1시간 만에 마치 계절이 바뀌어버린 것 같았다.

노노카는 흰색 민소매 블라우스를 입고 있었고, 하의는 반바지를 입고 있었다.

긴 머리카락을 쓸어올린 다음, 기분 좋다는 듯이 눈을 가늘게 떴다.

그녀를 따라 마리가 공항 밖으로 나왔다. 푸른 하늘을 노려보며 몸을 꿈틀대는 듯이 목소리를 냈다.

"유우토 군……, 나, 죽을 것 같은데?"

"어째서?!"

"더워."

"……코트를 입고 있으니까 그렇지."

"아니, 집을 나설 때는 추웠으니까."

"응, 그랬지."

"이제 안 되겠어."

마리가 검은색 코트를 벗기 시작했다. 안에는 그라데이션이 들어간 원피스를 입고 있었다. 소매가 달려 있긴 하지만, 어깨가 많이 드러난 옷이다.

가녀린 목덜미에 땀이 스르륵, 흘러내렸다.

기복이 자그마한 가슴 쪽으로 흘러내렸다.

마리는 경력이나 행동거지를 보면 유우토보다 연상인 것 같은데, 동안과 몸매 때문인지 마치 초등학생처럼 보인다. 특히 이렇게 헐렁하게 차려입으니.

"……마리, 완전히 한여름 복장이네."

"으음~, 좋은 바람이야. 유우토 군도 벗지 그래?"

"나도? 이것도 꽤 얇게 입은 것 같은데……."

유우토는 비행기를 탈 때 점퍼를 캐리어에 넣었기 때문에 지금은 티셔츠 위에 와이셔츠만 걸치고 있었다.

그녀가 손가락으로 가리켰다.

"아래쪽 청바지."

"아무리 남쪽 섬이라고 해도 잡혀갈 것 같은데."

공항 앞에서 갑자기 바지를 벗을 정도로 비상식적이진 않다.

"너무 참으면 몸에 안 좋을걸?"

"내가 벗고 싶어하는 것처럼 말하지 말아줄래? 옷을 입는 걸 참고 있는 게 아니라고."

마리는 가끔……, 아니, 꽤 높은 확률로 말과 행동이 기묘했다.

또 다른 소녀——, 하얀 모래가 유우토 옆에 나란히 섰다.

이마를 닦으며 말했다.

"덥네요~. 보통 이 시기에는 좀 더 시원한데요."

하얀 모래는 가슴 쪽을 끈으로 묶은 셔츠를 입고 있었고, 어깨를 드러내고 있었다.

의외로 예의 바르고 성실한 아이지만 옷차림은 요즘 스타일이라고 해야 하나……, 젊은이들이 보는 패션 잡지에 나올 것 같은 분위기다.

타이트 스커트 밑으로는 하얀 허벅지가 뻗어있어서 눈 둘 곳이 없어 약간 곤란한 복장이었다.

유우토는 택시들이 늘어서 있는 로터리를 돌아보며 물었다.

"원래 이렇게 덥진 않구나?"

"네! 그래도 머처럼 유우토 선배하고 왔으니까 추운 것보다는 나을 것 같네요!"

"하긴, 추운 것보다는 낫겠지."

그리고 커다란 캐리어를 밀며 다른 두 사람이 건물 밖으로 나왔다. 하라미와 가지다.

하라미는 오렌지 탱크톱 차림이고, 탁 트인 옆구리와 가슴 쪽에 붉은색 속옷이 보였다. 보여주는 게 전제인 옷이겠지만…….

게다가 마치 누군가와 경쟁하는 듯이 짧은 핫팬츠를 입고 있었다. 압도적인 살색 비율!

"바다~!! 바다바다바다바다바다, 첨벙~!"

"마음이 너무 급한데."

아직 공항 앞 로터리다.

하라미가 허리에 손을 대며 입술을 삐죽댔다.

"따분한 남자네~. 조용한 게 쿨하고 멋지다고 생각하지 말라고! 쳇!"

"……어째서 그렇게 신난 거야?"

"남쪽 섬에 왔는데 신이 날 수밖에 없지! 안 그래? 가지 씨?!"

"네……?"

갑자기 동의를 구하자 가지가 움찔거렸다.

이쪽은 발목까지 내려오는 하늘색 원피스를 입었고, 챙이 넓은 모자를 쓰고 있었다.

가지가 애매한 미소를 드리웠다.

"저기……, 남쪽 섬이라는 느낌이네요. 보세요, 야자 나무가 있어요."

그녀는 맞장구를 치지 못할 때도 확실하게 말하지 못하는 성격이었다. 그러고 보니 가지는 비행기가 껄끄럽다고 했다. 아직 기운을 차리지 못한 모양이다.

하라미가 고개를 끄덕였다.

"그렇지, 남쪽 섬이지! 도쿄하고는 다르단 말이지~. 공기가 달라!"

하얀 모래가 손을 살짝 저었다.

"카미에, 여기도 도쿄거든~?"

"아, 그랬나?"

그렇다, 마치 다른 나라에 온 것 같은 착각이 들 정도로 다른 세계지만, 지도상으로는 확실하게 도쿄다.

도쿄도 하치조지마인 것이다.

하라미가 하얀 모래를 손가락으로 가리켰다.

"아니, 왜 유우토는 '선배'인데 나는 그냥 막 부르는 거야?!"

"어~? 좀 전에 이야기를 들어보니까 같은 나이(동갑)길래."

"나는 스무 살! 하얀 모래는 아직 열아홉 살이잖아!"

"생일이 조금 빠를 뿐이고, 같은 학년이잖아."

하얀 모래는 전문대 2학년이고, 아직 생일이 지나지 않은 모양이다. 하라미는 고등학교를 졸업하고 일러스트레이터가 되었기에 학교를 다니진 않지만, 같은 해에 태어났다.

하라미가 잘난 척하며 가슴을 폈다.

"내가 업계 경력은 더 길거든?!"

"그런 건 카미에가 유우토 선배하고 가지와 오이 선생님에게 존댓말을 쓰고 나서 따져야겠지?"

"으윽?!"

정론이었다.

가지가 곤란하다는 듯한 미소를 지었다.

"음……."

이제 와서 하라미가 존댓말을 해봤자———, 이런 느낌이려나.

꾸욱, 누군가가 유우토의 손을 잡아당겼다. 돌아보니 마리가 올려다보고 있었다.

"유우토 군! 가자!"

"아, 응. 그래."

계속 서서 이야기할 수는 없다.

택시가 문을 열어둔 채 기다리고 있었다. 그 택시 트렁크에 노노카가 캐리어를 넣고 있었다.

———아, 내 거네.

여자애에게 짐을 옮기게 해버렸다.

유우토는 급하게 뛰어갔다.

"미, 미안해!"

"유우토 선생님 짐을 실어버렸는데, 괜찮을까요?"

"물론이지. 그래도 왠지 미안하다고 해야 하나……."

"전혀 그렇지 않아요. 제가 좋아서 하는 거니까요."

노노카가 그렇게 말하며 마리의 큼직한 륙색도 트렁크에 넣었다. 친구로 초대한 거지, 메이드로 데리고 온 건 아닌데…….

정작 마리는 이미 택시 뒷좌석에 앉아 있었다.

"유우토 군, 이쪽이야, 이쪽~."

"……나는 조수석에 탈 거니까 마리 옆자리에는 노노카

가 앉을 거야."

"그래? 그럼, 노노카!"

"네에~."

그러던 와중에 가지와 하라미, 하얀 모래가 옆을 지나갔다.

"유우토 씨, 그럼 나중에 봐요."

"응. 장소는 알아?"

"네."

가지가 고개를 끄덕였다. 그녀들은 뒤쪽 택시에 탔다.

아스팔트에 진한 그림자가 드리워져 있었다.

택시 조수석에 타고, 햇살에 달구어진 안전벨트를 찼다.

앞쪽 유리 너머로 섬의 나무들과 하얀 파도가 빛나는 수평선이 보였고, 마치 그림으로 그린 듯한 적란운이 피어오르고 있었다.

정말로 다른 나라에 온 것 같았다.

"하치조지마라……."

문득 떠올랐다.

그건 2주 전에 있었던 일——.

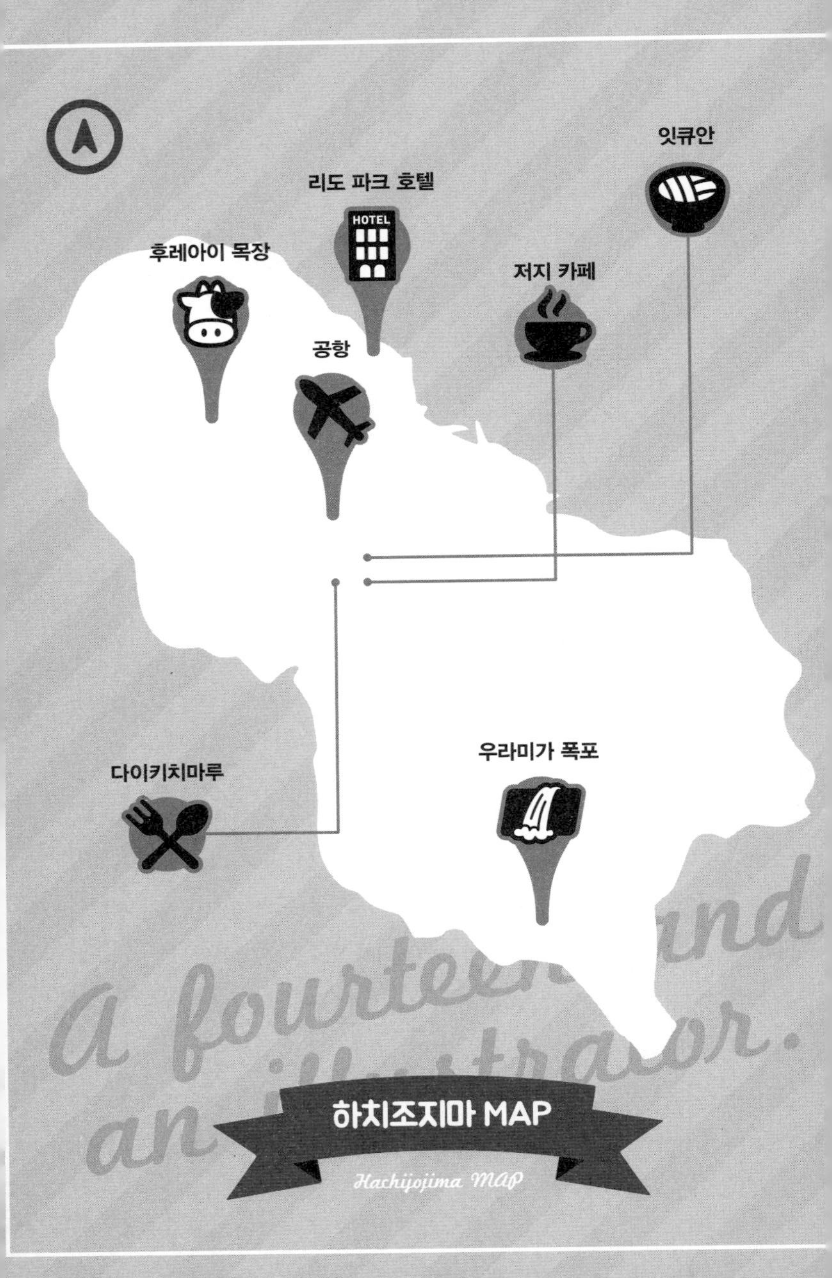

잇큐안
리도 파크 호텔
HOTEL
후레아이 목장
저지 카페
공항
다이키치마루
우라미가 폭포
a fourteen and
an illustrator.
하치조지마 MAP
Hachijojima MAP

Episode 2. 이러쿵저러쿵해서

이케부쿠로에 있는 유우토의 집———.

저녁놀이 창밖을 주황색으로 물들이고 있다.

테이블 위에서 닭고기 달걀덮밥과 된장국이 희미하게 김을 피우고 있었다.

노노카가 젓가락을 든 채 굳어있다.

유우토는 젓가락을 내려놓고 있긴 했지만, 마찬가지로 경직되어 있었다.

그리고 드레스 차림인 마리가 끌어안고 있다.

"나도 유우토 군네 집에서 잘래! 여기서 쓸래!"

그녀가 그렇게 말했다.

유우토는 자기도 모르게 중얼거렸다.

"……영문을 알 수가 없네."

설명해줄 것 같은 사람이 잠시 후에 방으로 들어왔다.

"허억, 허억……, 마리 선생님……, 너무 빨라요……."

숨을 헐떡이며 뛰어 들어온 사람은 하얀 모래였다.

그녀는 평소 같은 옷차림이었다. 시부야라도 돌아다닐 것 같은 복장이다.

유우토가 물었다.
“이게 대체 무슨 일이야?”
“죄송합니다!”
하얀 모래가 고개를 크게 숙였다.
뭔가 사정이 있는 모양이다.
“일단 들어와. 둘 다 앉고. 마리, 좀…….”
어깨에 손을 얹었는데도 좀처럼 떨어지려 하지 않았다. 평소와는 달리 고집스러웠다.
“……유우토 군.”
“마리, 너도 하고 싶은 말이 있겠지만, 이래선 차분히 이야기할 수가 없잖아. 적어도 앉아주기라도 해야지.”
“너무 빨리 뛰어와서 토할 것 같아.”
“좀 놔줘~?!”
물을 먹이고, 머리에 차갑게 식힌 수건을 얹어주고, 융단에 눕혔다.
잘 살펴보니 얼굴이 새파랗게 질렸다.
하얀 모래가 불안해했다.
“저기……, 마리 선생님, 괜찮으신가요?”
“마리는 몸이 힘들어도 상관없이 뛰어버리는 모양이야.”
그래서 의외로 체력이 있는 것처럼 보이지만, 실제로는 집에 틀어박혀서 컴퓨터만 하는 허약 체질이기 때문에 온 힘을 다 쏟아낸 다음에는 몸이 안 좋아진다.
노노카가 옆에서 간병해 주고 있다.

"아마 빈혈인 것 같아요. 잠깐 누워있으면 괜찮아질 것 같네요."

"다행이네."

유우토는 고개를 끄덕였고, 하얀 모래도 안도의 한숨을 쉬었다.

그런 다음, 그녀가 다시 고개를 숙였다.

"유우토 선배, 폐를 끼쳐드려 죄송합니다."

"아니……, 폐를 끼친 건 마리니까——, 그런데 무슨 일인지 알고 있다면 가르쳐줬으면 해."

"네."

하얀 모래가 얼티밋 문고 파티에서 있었던 일에 대해 가르쳐 주었다.

'선배하고 단둘이서 밤을 지새우기도 했고.'

하얀 모래가 그렇게 말한 것을 계기로 마리가 폭주한 모양이었다.

유우토는 눈살을 찌푸렸다.

"작업 도구를 빌려줬을 뿐이잖아?!"

"네! 그것뿐이에요!"

하얀 모래가 귀까지 빨개진 채 엎드려 절까지 할 기세로 고개를 숙였다.

노노카의 시선이 싸늘했다.

"……다른 사람을 돕는 건 좋은 일이겠죠."
"으, 응."
말하고 표정이 들어맞지 않는 것 같은 느낌도 드는데, 이해해준 것 같으니 더 이상 설명하진 않았다.
저기……, 이번에는 하얀 모래가 그렇게 물어보았다.
"이쪽에 있는 중학생은……? 여동생분이신가요?"
———그러고 보니 노노카를 소개해주지 않았구나.
사실 겨울 코믹 때 만난 적이 있는데, 확실하게 소개해준 것도 아니니 기억하지 못해도 어쩔 순 없다.
벅벅, 유우토는 볼을 긁었다.
"음……, 이쪽은 노기 노노카라고 하는데, 내 서클에서 판매원을 해주고 있고, 지금은 집안일을 도와주고……, 아니, 전면적으로 맡기고 있어."
"사모님?!"
"그게 아니라!"
14세와의 결혼은 합의하더라도 인정받지 못한다.
말재주가 없는 유우토가 겨우겨우 설명하고 있자니 PC에서 띵동, 소리가 났다.
Skype로 메시지가 온 모양이었다.
"아, 그러고 보니까 저녁 식사를 한 다음에 니시키하고 작업이프를 하기로 약속했었지."
그럴 상황이 아니긴 하지만……, 무시할 수는 없을 것이다.
하얀 모래와 다른 사람들에게 양해를 구한 다음, 유우토는 PC 앞으로 갔다.

니시키『있어~?』

키보드로 대답을 입력했다.

유우토『고생이 많네.』
니시키『음성 채팅으로 전환할까?』
유우토『그게 말이지, 지금 tkdghkddl wha.』
니시키『그냥 음성 채팅으로 하는 게 낫지 않냐? ^^;』
유우토『응.』

그런 이유로 PC 너머로 니시키와 이야기를 하게 되었다. 계란형 스피커를 통해 그의 목소리가 흘러나왔다.
『고생 많아~. 그래서? 뭐가 어떻게 되었다고?』
"……어떻게 설명해야 하려나. 지금 마리하고 하얀 모래양이 와 있거든. 아, 노노카도 있고."
『그, 그래. 참 대단한 상황이구나.』
"이런저런 사정이 있어서……."
『처음부터 설명해줘.』
어떤 것부터 이야기를 해야 하나.
잠깐 생각한 다음, 겨우 경위에 대해 설명했다. 중간에 하얀 모래가 울면서 전화를 걸었던 건 숨겨두려 했는데,

이야기가 제대로 이어지지 않아서 곤란해하고 있자니 결국 그녀가 직접 설명했다.

이런, 이런, 니시키가 그렇게 말하며 한숨을 쉬었다.

『여전하구나, 유우토.』

"그런가?"

『다른 사람을 돕는 건 좋은 일이겠지.』

좀 전에 노노카도 그렇게 말했는데.

딱히 그렇게 오지랖이 넓은 것 같진 않은데…….

"마리가 우리 집에서 자고 싶다고 하는데, 그렇게 넓지도 않아서 어떻게 해야 하나 싶거든."

실제로 노노카나 하얀 모래가 자고 간 적도 있으니 불가능한 건 아니다. 침대는 번갈아가며 쓰면 되고, 코타츠에서 자도 된다.

솔직히 단둘이라는 게 불안했다.

나가사키 여행 때는 노노카가 있었으니까 상관없었지만……, 마리는 목욕탕에 난입할 정도로 터무니 없는 성격이다.

무슨 일이 일어날지 예상할 수가 없다.

그렇게 불안해한다는 걸 짐작하고 있었기에 니시키는 '재워주지 그래?'라는 무책임한 말을 하지 않았다.

『그렇지…………, 또 여행을 가는 건 어때? 같이 숙박하는 건 마찬가지잖아?』

"여행이라."

나가사키에 갔을 때는 확실히 말해 힘들었다. 여러모로 휘둘려서.

하지만, 매우 즐거웠다.

기분 전환도 되었고, 그 뒤로 일어난 소동 덕분에 열심히 하자는 의욕의 원천이 된 것 같기도 했다. 왼쪽 손목 부상도 나았고.

"……온천이 있는 곳이 좋겠는데."

"생선이 맛있으면 좋겠네요."

노노카가 황홀한 표정으로 중얼거렸다. 그녀는 나가사키에서 먹었던 쿠에 요리에 반한 모양이었다.

니시키가 말했다.

『사실 유우토가 나가사키 여행을 다녀온 게 부럽다고 하라미가 몇 번 여행을 가자고 하더라고.』

"그랬구나?"

『그런데 그 녀석하고 가면 왠지 골치 아픈 일에 휘말릴 것 같지 않나?』

"……응."

『그렇다고는 해도 계속 거절하기만 하는 건 좀 그럴 것 같아서.』

"마리가 좋다면 모두 함께 여행을 가는 것도 즐거울 것 같네."

그제야 마리가 겨우 몸을 일으켰다. 이제 안색은 괜찮은 것 같았다.

"갈래."

의외로 힘차게, 딱 잘라 말했다.

"다같이 여행 가는 거, 괜찮겠어?"

"……응. 유우토 군이 같이 간다면……, 여럿이서 여행 가본 적이 없으니까, 흥미도 있었고."

"그랬구나. 어라? 수학여행 같은 건……?"

마리가 의아하다는 듯이 고개를 갸웃거렸다.

"유우토 군, 올바른 일만 하는 사람하고 지내는 건 시간 낭비라는 생각 안 해? 재미가 없잖아."

"그, 그런……가?"

그녀의 학창 시절에 대해 깊게 파고들면 이해하기 힘들어질 것 같기에 포기하기로 했다.

니시키가 이야기를 정리했다.

『그럼 2박 3일 정도로. 멤버는 유우토하고 오구라 선생님하고, 하얀 모래 양하고, 노노카하고, 하라미, 그리고 나인가?』

"저도 가도 되나요?!"

노노카가 말했다.

"당연하지."

마리가 곧바로 대답했다.

유우토도 꼭 와줬으면 하는 생각이었다. 아니, 노노카가 없으면 마리를 혼자 상대해줘야 하게 되어버린다.

"노노카가 싫지만 않다면 꼭 같이 가줬으면 하는데."

"저는 기쁘지만요, 학교가 쉬는 날이어야 하는데……, 그래도 괜찮을까요?"

"물론이지."

『휴일이어야만 하는 건 나도 마찬가지야. 월급쟁이니까.』

행동거지가 자유로워보이는 니시키도 사실은 게임 회사의 정규직 사원이다. 요즘은 부하가 늘어서 쉬는 날이 별로 없어졌다던데.

———마리하고, 하얀 모래 양하고, 노노카하고, 하라미하고, 니시키라.

유우토는 가지를 생각했다. 그녀는 큰 기업 소속인데다 정말 인기가 많은 일러스트레이터니까 바쁘긴 하겠지만.

니시키가 계속 말했다.

『장소는 어디로 할까? 온천에 생선이 맛있는 곳이면, 이즈 같은 곳?』

"좋은데."

『그렇긴 한데, 난 얼마 전에 다녀왔단 말이지~.』

처음 듣는 이야기였다.

마리는 '간다'고 했지만, 완전히 남 일인 것처럼 의논에 참가하지 않았다.

노노카도 사양하는 건지 딱히 후보 이야기를 하지 않았다.

하얀 모래가 조심조심 손을 들었다.

"저기……."

"어디 가고 싶은 곳 있어?"

그녀가 고개를 끄덕였다.

"하치조지마 같은 곳은 어떨까요?"

호오, 유우토뿐만이 아니라 니시키까지 뜻밖이라는 듯이 목소리를 냈다.
『재미있을 것 같은데.』
"……섬은 생각 못 했네. 하얀 모래 양, 가본 적 있어?"
"저, 거기 출신이거든요."

†

저녁———.
유우토의 집에서 걸어서 5분 거리에 가지와 오이, 사에키 아스미가 새로 살게 된 집이 있었다.
작업용 책상 앞에 앉아 골든 위크 때 아키바하라에서 개최되는 전람회용 큼직한 일러스트를 그리고 있다.
혼자 사는데 2LDK는 너무 넓지 않을까 했는데…….
설마 이사 오자마자 친구가 쳐들어 올 줄이야.
동료 일러스트레이터인 진구지 카미에가 설날에 아버지와 싸우고 가출한 모양이라 지금도 동거하고 있다.
카미에는 거실에 있는 코타츠에서 작업하고 있다.
띵동, Skype 착신음이 울렸다.

"아……, 가지 씨, 니시키하고 음성 채팅해도 돼?"
"니시키 선생님요? 괜찮아요."
이야기하는 목소리가 신경 쓰일 만한 작업 단계도 아니었고, 정 신경 쓰이면 이어폰을 끼고 음악을 들으면 된다.
카미에는 자유분방할 것 같으면서도 의외로 조심스러운 성격이었다.
아스미가 잘 때는 확실하게 대화를 마치고, 잘 때 방해한 적도 없다.
불편한 점도 있는 생활이긴 했지만, 여동생이 생긴 것 같아서 남몰래 즐거워하고 있었다.
남자 목소리가 들리기 시작했다.
『안녕~, 하라미.』
"오랜만~."
학창 시절부터 알고 지낸 사이라 그런지, 카미에와 니시키는 마음을 터놓고 지내는 관계였다. 여자를 그렇게 부르는 건 좀 그렇긴 하지만……, 하라미(뱃살)이라는 별명이 정착되어 있다.
『요즘은 어때?』
"순조로운 것 같은데. 예전보다 빠르게 그릴 수 있게 된 것 같기도 하고."
『그거 잘됐네.』
"고민이 될 때 의논할 수 있는 사람이 있어서 그런가~."
『저번에도 그런 말을 했었지. 누구한테 의논하는데?』

"비밀~."

카미에는 이 방에 살고 있다는 걸 숨기고 있었다.

쓸데없이 오해를 사고 싶지 않다――는 이유는 아스미도 동의했다.

그리고 가족과 사이가 좋지 않다는 걸 주위 사람들에게 말하고 싶지 않을 것이다――는 건 멋대로 상상한 거지만.

니시키가 말했다.

『이런, 이런……, 이상한 남자한테 속지 마라?』

"아하하! 그건 괜찮아~."

『그리고, 그 사람한테 폐를 끼치지 말고.』

"윽……, 응."

말꼬리를 흐렸다.

아스미는 쓴웃음을 지어버렸다.

일반적으로 생각하면 폐를 끼치는 건지도 모르겠지만, 이런 상황이 싫지는 않았다.

힘든 점이 있다는 것도 사실이긴 하지만…….

"그래서, 뭔데? 내가 어떻게 사는지 물어보고 싶었던 거야? 흥미가 있어?"

『그런 거 아니야. 저번에 여행가고 싶다고 했잖아. 시간을 낼 수 있나 싶어서.』

"어? 어디 가는데?!"

『하치조지마에 가자는 이야기가 있거든.』

"완전 갈래~!"

『진짜로 괜찮냐? 거래처에 폐를 끼치면 안 된다?』
"괜찮나! 나를 좀 믿으라고~."
카미에가 가슴을 폈다.
수화기 너머에서 니시키가 끙끙댔다.
『뭐……, 나중에 편집부에 확인해보면 되겠지.』
"신용이 없네?!"
『혹시나 해서 말해두는 건데, 나만 가는 거 아니다?』
"당연하지. 나도 니시키하고 단둘이서 가는 건 싫으니까."
왠지 모르겠지만 아스미는 안심해 버렸다.
단둘이 여행을 가는 사이인가 하는 생각에 당황하던 참이다. 카미에도 그렇고 니시키도 연인이 있는 게 당연한 나이이긴 하지만…….
『일단, 유우토.』
"그렇지~."
그의 이름이 나오자 아스미의 심장이 크게 뛰었다.
얼마 전에 자기가 한 말이 떠올랐다.

"혹시나……, 이 마음이…… '좋아한다'라면……, 그때는……, 유우토 씨가 싫지만 않으시면……, 저기……, 잘 부탁드립니다."

거의 고백 아닌가?
지금 생각해도 얼굴이 빨개져 버린다.

이 나이가 되어서 자기 감정을 제어하지 못하다니——,
그렇게 한심한 마음도 들어서 더더욱 창피해졌다.

니시키가 계속 말했다.

『오구라 선생님하고, 하얀 모래 양하고, 노노카.』

"뭐? 마리도 가?"

『뭔가, 인생 최초로 많은 사람들과 여행 가는 것에 도전하고 싶다던데. 아니, 이번에는 오구라 선생님이 이야기를 꺼낸 거나 마찬가지고.』

"흐음~? 뭐, 유우토는 마리 응석을 잘 받아주니까~."

아스미는 살짝 고개를 저었다.

그는 누구에게나 자상하게 대해주는 것 같다. 아스미가 스토커 때문에 곤란해할 때도 거의 초면이었음에도 불구하고 친절하게 대해주었다.

"……."

『대표작 원작자가 초대한 거니까 함부로 거절하지 못하는 거 아니야?』

"그런 거야~?!"

『하라미 너는《072소대 전진하라!》작가 선생님이 초대하면 어떻게 할 건데?』

"여행?! 너무 야하지 않아?! 어~, 고민할 것 같은데! 그런데 그 작가하고는 한 번도 만난 적이 없거든."

『아, 그럴 수도 있지.』

라이트노벨을 작업할 때 일러스트레이터와의 연락은 전

부 편집자가 한다. 시리즈 처음부터 끝까지 작가와 한 번도 만나지 않는 경우도 그리 드물지는 않다.

카미에가 이야기를 이어나갔다.

"———아니, 하얀 모래는 누군데?!"

『오구라 선생님의 삽화를 맡기로 한 신인 일러스트레이터인 것 같던데. 울 정도로 고생하던 참에 유우토가 도와줬다던데.』

"호오~."

『현역 전문대생이고.』

"또야?! 조만간 잡혀가는 거 아니야? 유우토?!"

탁탁, 카미에가 코타츠를 두들겼다.

옆방에서 이야기를 듣고 있던 아스미는 굳어버렸다.

"……."

『나는 코믹 때 잠깐 얼굴을 본 정도라 잘 모르긴 하는데……, 뭐, 나쁜 애는 아닐걸?』

"남자들은 어린 여자한테 약하단 말이지~. 싫다, 싫어."

『야, 야……, 너하고 비슷한 나이일걸?』

"아, 그럴지도 모르겠네. 그럼 나한테도 자상하게 대해주라고!"

『앗, 네.』

아스미는 후회하고 있었다.

이어폰을 끼고 음악을 들으며 카미에와 니시키의 대화를 듣지 말걸 그랬다는 생각이 들었다.

———모두 함께 여행이라.

가슴 속에 답답한 마음이 소용돌이쳤다. 그것이 질투라는 사실을 깨달은 아스미는 자기혐오에 빠졌다.

유우토에게 카미에와 니시키는 오랫동안 알고 지내온 동료. 노노카는 집안일을 해주고 있고, 오구라 마리는 대표작의 원작자다. 그리고 그녀의 다른 작품 일러스트레이터이자 후배인 하얀 모래.

아스미는?

……나는?

마음 속으로 중얼거렸다.

옆방에서 니시키의 목소리가 들렸다.

『그리고, 유우토가 가지와 오이 씨도 초대하고 싶다고 했는데……, 남자가 여행에 초대하는 건 좀 그런가?』

“어? 딱히 상관없지 않나?”

『하라미 너는 사이좋게 지내는 것 같은데, 나나 유우토하고는 자주 만난 사이가 아니니까.』

“니시키는 싫어?”

『싫을 리가 없지. 그쪽에 폐가 되지 않을까 해서. 가지오이 씨는 바쁠 것 같잖아. 초대하는 것만으로도 실례가 되지 않을까?』

“어~?”

카미에가 그렇게 말하며 이쪽을 보았다. 열려있던 문 너머로 눈이 마주쳤다.

아스미는 자기도 모르게 의자에서 일어섰다.

"저도, 가고 싶어요!"

정신을 차리고 보니 이미 외치고 있었다.
으엑, 카미에가 그렇게 말하며 눈을 동그랗게 떴다.
그녀의 PC 스피커에서 깜짝 놀란 니시키의 목소리가.
『방금 뭐야?! 설마 가지 오이 씨야? 야, 하라미! 너, 지금 어디 있어?!』
빠끔빠끔빠끔, 카미에가 말없이 입술만 움직였다.
"…………윽!"
따지는 듯한 시선이었다.
───또 실수해버렸어!
아스미는 두 손으로 얼굴을 가렸다.
내가 이렇게까지 냉정하지 못한 사람이었다니! 최근 반년 동안 얼마나 많은 실수를 거듭한 건지. 울어버릴 것 같다.
"……죄송합니다."
마이크에 들리지 않을 정도로 작은 목소리로 중얼거렸다.
카미에가 한숨을 쉬며 말했다.
"아……, 니시키? 놀라지 말고 들어야 해?"
『이미 놀라긴 했지만 말이다.』
"방금 그건 내가 성대모사를 한 거야."
『그럴 리가 없잖아, 멍청아. 가지 오이 씨네 집에 있는 거면 처음부터 그렇게 말하라고.』

“미안, 미안.”

『뭐, 뜻밖의 전개이긴 한데……, 폐가 아니라면 잘됐네. 아……, 가지 오이 씨, 같이 여행 가시죠. 유우토도 기뻐할 테니까요.』

아스미는 눈가에 맺힌 눈물을 닦았다.

“……네, 기꺼이.”

†

여행 일정은 사흘 연휴가 다가오는 2주 뒤로 잡혔다.

그리고 당일———.

하네다 공항 로비에서 유우토는 한쪽 손을 들었다.

“좋은 아침.”

“유우토 선생님, 좋은 아침이에요!”

노노카가 기운차게 인사했다.

그녀가 끌고 온 듯한 마리도 따라와서 졸린 듯이 하품했다.

“흐아아……임.”

“혹시 ‘좋은 아침’이라고 한 거야?”

“졸려.”

“잠 안 잤어?”

“푹 잤어. 7시간 정도.”

“어라, 딱 좋게 잤네.”

"그렇지."

"전날은?"

"……사흘 전에는, 잤어."

"여전히 생활이 엉망진창이구나."

이틀 밤을 새고 7시간만 자다니, 아직 졸린 게 당연하다.

노노카가 쓴웃음을 지었다.

"초인종을 눌러도 안 나오셔서 미리 받아둔 열쇠로 문을 열고 들어갔는데요, 좀처럼 일어나시질 않으셔서."

"힘들었겠네."

"마리 선생님께 옷을 입힐 때는 커다란 인형 같아서 즐거웠어요!"

저번 여행 때 반성한 부분을 살려서 데리러 가달라고 한 게 정답이었다.

마리가 살짝 볼을 붉혔다.

"노노카, 야해."

"야한 짓은 안 했는데요?!"

그런 이야기를 하고 있자니 큼직한 캐리어를 끌고 하얀 모래가 다가왔다.

"좋은 아침이에요!"

"아, 하얀 모래 양. 짐이 많네……?"

"에헤헤……, 오랜만에 고향에 가는 거라 선물이 좀 있네요. 설날에도 가지 않았으니까요."

"그렇구나."

그 원인이 된 마리는 전혀 아랑곳하지 않고 소파에 누워 있었다. 어린애를 지켜보는 어머니처럼 노노카가 그 옆에 붙어 있었다.

만나기로 한 시간 5분 전———.

가지와 하라미도 왔다.

"좋은 아침입니다."

"안녕~."

인사를 나누었다.

유우토는 스마트폰으로 시계를 확인했다.

"……이제 니시키만 남았네."

하라미가 눈을 가늘게 떴다.

"평소에는 착실한 척하는 데 말이야, 꽤 지각할 때가 많단 말이지~, 그 남자."

"바쁘신 분이니 어쩔 수 없죠."

가지가 달랬다.

그래도 비행기 시간은 맞춰서 와야 하는데…….

마침 니시키가 유우토의 스마트폰으로 연락을 했다.

통화 버튼을 눌렀다.

"여, 니시키."

『………………』

"어라? 전파 상태가 안 좋은가? 니시키?"

『또.』

괴로워하는 목소리였다.

“어? 뭐라고?”
『또…….』
“무슨 일이야? 니시키?”

『똥이 안 멈춰서.』

“뭐어~?!”
『미안……, 못 갈 것 같아……, 아마……, 노로.』
“뭐어어어어어어?!”
이야기를 들어보니 이틀 전 밤에 다른 동료 일러스트레이터와 집에서 술을 마셨다고 한다.
근처 싸게 팔던 굴을 사와서 굴 전골을 해먹었다고 한다. 그게 원인이라고 딱 잘라 말할 수는 없지만.
“……무모하네.”
『윽, 또……!!』
니시키가 비통한 목소리를 냈다.
그때, 하라미가 유우토의 스마트폰을 빼앗아 들었다.
“뭘 그렇게 남자 둘이서 조잘대고 있는 거야! 잠깐! 니시키?! 언제까지 나를 기다리게…….”
그녀가 귀를 가져다 댄 스피커에 어떤 소리가 흘러나온 건지.
상상하고 싶지 않았다.
“꺄아아아아아악?!”

비명을 지르며 다시 스마트폰을 던져주었다.
"으앗?! 잠깐, 하라미?!"
"더러워!"
"내 스마트폰이 더러운 건 아니거든?!"
"으으으……, 소녀인데. 더럽혀졌어."
울상이었다.
자업자득인 것 같은데.
유우토는 미묘한 기분으로 스마트폰을 다시 들었다.
"아……, 들려? 여행은 괜찮으니까 몸조리 제대로 하고."
『미안.』
니시키와 통화를 마쳤다.
그리고 노노카, 마리, 하얀 모래, 가지, 하라미를 번갈아 가며 보았다.
"……니시키는 탈락된 것 같아."
안타깝지만 그렇게 되었다.
마리가 소파에서 몸을 일으키고 조용히 중얼거렸다.
"데스 게임?"
"아니거든!"

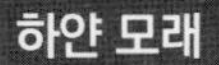

남쪽 섬이라. 비치도 많나?

소코도 해수욕장이 유명하고, 유일한 모래사장 비치예요.

지도에 나온 쿠로스나 사구라는 곳은?

아……, 바다를 한눈에 볼 수 있는 언덕이었는데요, 길이 난간까지 통째로 무너져버려서요.

어?

출입금지가 안 된 게 신기할 정도인 모래 절벽이에요.

?!

Episode 3. 신선초와 소

첫날, 낮———.

공항에서 택시를 타고 렌트카 업소로 이동했다.

가지가 이마에 손을 가져다 댔다.

"……여섯 명이면 좀 애매하네요?"

유우토는 고개를 끄덕였다.

"그렇긴 하네. 렌트카 한 대에 다 못 타니까."

원래는 니시키와 유우토가 운전할 예정이었는데.

마리의 얼굴이 새파랗게 질렸다.

"한 명, 두고 가려는 거구나……."

"안 그래요."

가지가 얼굴을 찌푸렸다.

움찔, 마리가 유우토 뒤쪽으로 도망쳤다.

이 두 사람의 상성은 미묘한 것 같았다.

하지만 이번에 마리가 '여럿이서 여행에 도전'하는 모양이니 마침 잘 된 건지도 모르겠다. 이번 기회에 낯을 가리는 걸 조금이나마 고치면 좋겠는데.

유우토는 렌트카 업소 요금표를 내려다보았다.

"음, 어떻게 하지?"

가지가 미안하다는 듯이 말했다.

"저, 면허는 있긴 한데, 3년 넘게 운전대를 안 잡아서요."
"장롱면허라는 건가요?"
"부끄럽지만요."
"나, 운전할 수 있어!"
하라미가 당당하게 선언했다.
"……노노카하고 하얀 모래 양, 마리는 면허가 없으니까 운전할 수 있는 사람이 나밖에 없구나."
"나! 나! 운전할 수 있어!"
"여섯 명 이상 탈 수 있는 큰 차를 빌리면 좋을 텐데……, 설마 니시키가 빠질 줄은 몰랐으니까 예약을 안 했단 말이지."
"무시하지 마, 유우토!"
"……하라미, ……이 여행이 진짜로 데스 게임이 되어버릴 것 같으니까 안 돼."
"그렇지 않거든!"
"너, 평소에 운전 해?"
"아니. 아버지 벤츠를 집 주차장에서 긁었더니 안 빌려주더라고."
"당연하겠지."
만난 적도 없는 아버지를 동정해버렸다.
노노카가 가게 앞에 잔뜩 늘어서 있던 자전거에 흥미를 가진 모양이었다. 붉은색 시티 자전거였고, 프레임에 큼직한 배터리가 달려 있었다.
"저기……, 이것도 빌릴 수 있나요?"

점원 아저씨가 고개를 끄덕이고는 렌트 자전거 메뉴도 보여주었다.

하얀 모래도 빤히 보았다.

"오~. 그러고 보니 섬에서 자전거를 탄 적이 없네~."

"그러셨나요?"

고개를 갸웃거리던 노노카를 보고 하얀 모래가 고개를 끄덕였다.

"오르막내리막 경사가 꽤 급하니까? 어디 갈 때는 버스를 타거나 부모님에게 태워달라고 했거든."

"그렇군요."

점원 아저씨가 전동 자전거라 오르막길도 편해———라고 가르쳐 주었다.

유우토도 흥미가 생겼다.

"전동 자전거라. 그러고 보니까 알고 지내는 일러스트레이터가 샀는데 엄청 좋다고 했어."

하라미가 으스대는 표정으로 말했다.

"나도 쓰고 있어! 역까지 엄청 빨라!"

"재미있을 것 같네요."

가지가 미소를 지으며 고개를 끄덕였다.

괜찮을지도 모르겠는데———, 유우토도 그렇게 생각하니 흥미가 생겼다.

마리가 싫다는 듯한 표정을 지었다.

"페달을 밟아야 해?"

“뭐……, 억지로 자전거를 빌릴 필요는 없겠지만.”
“짐, 무겁지 않아?”
“아.”
결국———.
중간 크기 렌트카를 빌려서 모두의 짐을 싣고 유우토가 운전하게 되었다.
조수석에는 마리가 탔다.
다른 사람들은 렌트 자전거를 빌렸다.
즐거워보인다.
유우토는 창문을 열고 물었다.
“어떻게 할래? 우선 호텔로 갈까?”
가지가 생각에 잠긴 듯한 표정을 지었다.
“음……, 호텔은 섬 중심에서 좀 떨어진 곳 아니었나요?”
“응.”
“자전거를 타고 가면 시간이 꽤 걸릴 것 같네요. 먼저 점심 식사를 하는 게 어떨까요?”
유우토는 자동차 시계를 보았다.
아직 점심 식사를 하긴 이른 시간이지만, 오늘 아침에는 일찍 일어났기에 공복감이 있었다.
“그렇긴 하겠네. 어디 추천할 만한 가게 있어?”
일행들이 모두 하얀 모래를 보았다.
그녀는 잠시 생각한 다음.
“생선 요리는 밤에 먹기로 하고, 우선 신선초 요리를 먹는 건 어떨까요?"

"신선초?"

유우토가 묻자 하얀 모래가 두 손으로 삼각형을 만들었다.

"이 정도 크기 나뭇잎이에요. 하치조지마에서는 차하고 덴뿌라, 과자까지 대활약하고 있죠."

"호오."

"미백 효과나 빈혈 예방, 다이어트 효과도 있다던데요."

싸악, 여자 일행들의 눈빛이 바뀌었다.

유우토에게 선택권은 없었다.

†

《나다이 잇큐안(名代 一休庵)》

자갈이 깔린 뜰 너머에 새 건물 같은 가게가 있었다.

벌써 사람들이 줄을 서 있었다.

"점심 때는 항상 자리가 꽉 찰 정도로 인기가 많은 가게예요."

하얀 모래가 한 말을 듣고 유우토는 고개를 끄덕였다.

"그거 기대되는데."

"여기서 수타로 만드는 신선초 우동은 이 섬의 명물이에요. 카케 우동이나 덴뿌라 우동이 정석이고요."

"흐음, 흐음."

곧 우리 차례가 되어 가게에 들어갈 수 있었다. 안쪽 좌식 자리로 가게 되었다.

모두 함께 머리를 맞대며 메뉴판을 보았다.

하얀 모래는 고민하지 않았다.

"전 섬에 돌아오면 항상 여기서 카츠 카레 우동을 먹거든요."

"그런 맛이 있긴 하지."

하라미가 손가락으로 가리켰다.

"고기 우동!"

"저는……, 채소 우동으로 할게요."

가지가 메뉴를 결정했고, 노노카는 끙끙댔다.

"텐자루 우동……, 으음……, 그래도……."

"왜 그렇게 고민하는 거야? 노노카."

"요즘 살이 좀 찐 것 같아서요~."

하라미가 '무슨 소린지 알겠어~!!'라고 소리쳤다. 가지가 쓴웃음을 지었고, 하얀 모래가 미묘한 표정을 지었다.

곤란한 표정을 짓고 있던 노노카 뒤에서 마리가 살며시~ 손을 뻗었다.

천천히 가슴을 움켜쥐었다.

노노카의 봉긋한 가슴이 마리의 가녀린 손가락 때문에 형태가 바뀌었다.

"흐아악?!"

"오오~? 살이 찌긴 했네, 노노카!"

"이, 이런 곳에서 그러지 마세요!"

하라미가 불량스러운 표정을 지었다.
“살이 쪘다니, 거기야?”
“아으으으……, 수영 기록이 점점 떨어진다고요오…….”
결국 노노카는 텐자루 우동(양 적게)을 주문했다.
마리가 메뉴판을 손가락으로 가리켰다.
“돈까스가 들어간 냉 타누키 우동? 이게 뭐야? 처음 보는 거니까 이걸로 할래.”
“……여전히 음식에 대해서는 챌린저구나. 나는 타마고토지 우동으로 할래.”
하라미가 노려보았다.
“왜 네가 제일 소녀 같은 걸 주문하는 건데?!”
“어? 그, 그런가?”
주문하고 나서 잠시 후.
요리가 나오기 시작했다.
마리가 깜짝 놀라며 당황했다.
“윽…….”
“많네. 괜찮겠어?”
“다 못 먹어.”
포기가 빨랐다. 어쩔 수 없기에 돈까스를 절반 정도 가져왔다. 반쯤 예상하고 있었다.
우동에는 신선초 덴뿌라가 곁들여져 있었다.
유우토는 젓가락으로 그것을 집고는 빤히 관찰해 보았다. 색도 그렇고, 윤기도 그렇고…….

"나뭇잎이네……."
이의를 제기하는 사람은 없었다.
가지가 컴팩트 디지털 카메라로, 찰칵, 찰칵, 찰칵, 찰칵, 찰칵, 사진을 찍었다.
먹어보니――.
희미한 쓴맛과 단맛이 나고 부드러웠다. 상상했던 비린내는 나지 않았고, 우아한 맛이었다.
"아……, 맛있네."
"우동도 괜찮네!"
하라미가 엄청난 기세로 고기 우동을 입에 넣었다. 거의 비슷한 기세로 하얀 모래가 카츠카레 우동을 먹었다.
맛집이라는 평판이 틀린 말은 아니었는지, 신선초 덴뿌라뿐만이 아니라 우동도 맛있었다.
다 먹은 다음에 녹차를 마시며 숨을 돌렸다.
가지가 두 손으로 들어올린 찻잔에 살며시 입술을 가져다댔다.
"응."
"호오……."
유우토는 곁눈질로 보면서――, 묘하게 그림이 좋네, 그렇게 생각했다. 처음 앉았을 때 이후로 자세가 전혀 흐트러지지 않았다. 정좌를 괴로워하는 기색이 조금도 없었다.
문득 가지와 눈이 마주쳤다.
"왜 그러세요? 유우토 씨."

"아……, 아니……, 저기……, 다음에! 어디 갈까 해서."
관광용 팸플릿을 펼쳐보고 있던 노노카가 소리쳤다.
"소가 있다는데요?!"
가지가 고개를 끄덕였다.
"그러고 보니, 하치조지마라고 하면 저지소(Jersey cow)죠."
"좋네. 도시에 살다 보면 볼 일이 없으니까."
유우토가 그렇게 말하자 노노카가 미소를 지었다.
"네!"
하라미가 턱을 괴고 말했다.
"뭐, 소라면 토코로자와에도 있긴 하지만 말이지~."
하얀 모래가 팔짱을 꼈다.
"음……, 뭐, 관광의 정석이긴 하죠. 저녁밥도 많이 먹을 테니까 좀 힘내서 올라가볼까."
힘낸다고요? 노노카가 그렇게 물었다.
하얀 모래가 창밖을 손가락으로 가리켰다.
섬의 형태를 만들어내고 있는 산이 솟구쳐 있다. 그 꼭대기에는 구름이 걸려 있었다.
"하치조지마에 두 개 있는 산 중 높은 쪽 산인 하치조후지. 해발 850미터 이상에 이즈 제도 최고봉———, 후레아이 목장은 그 산 중턱에 있거든!"
"하으……, 힘내야겠네요!"
"진짜로오?"
하라미가 질색하는 표정을 짓자 가지가 격려해 주었다.

"그럼 다이어트가 될 것 같네요~."

"그렇긴 하겠지만 말이지~."

들뜬 사람들에게서 벗어난 마리가 손을 살랑살랑 저었다.

"힘내?"

유우토도 자동차로 갈 생각이었는데……

하라미가 일어섰다.

"마리, 첫날 정도는 집단행동을 해야지! 유우토도! 자전거로 가자!"

"어? 그래도 차가……, 짐이……."

"렌트카 업소에 맡겨두면 될 거 아냐! 죽을 때는 같이 죽어야지! 전원 전진!"

마리가 질질 끌려가듯이 붙잡힌 채 나갔다.

"싫~~~어~~~."

유우토는 한숨을 쉬었다.

"뭐, 이것도 '여럿이서 여행'의 묘미겠지. 같이 갈게……."

노노카가 미안하다는 듯이 말했다.

"죄송합니다, 제가 이야기를 꺼내서."

"하하……, 나 혼자 왔다면 자전거를 타고 산에 올라가진 않았겠지만……, 그러니까 모두 함께 여행하는 게 즐거운 거 아닐까? 혼자 하는 여행 때는 절대로 하지 않을 경험을 할 수 있는 거야."

"아……."

활짝, 그녀의 표정이 밝아졌다.

†

아래쪽에 하치초지마 거리가 한눈에 보였다.

기온이 내려간 것 같았다.

벤치에 앉은 하라미가 갈라진 목소리를 쥐어짜냈다.

"힐 클라이머……, 대단해……."

"카미에, 마지막까지 계속 달리니까 그렇게 뻗는 거거든?"

하얀 모래가 옆에 앉아있었다. 그녀도 지친 것 같았지만, 하라미처럼 지치진 않았다.

"으으으……, 그래도 산악상을 양보할 순 없잖아?"

"……뭐야? 산악상이라는 게?"

고개를 들어보니 노노카와 가지는 이미 목장을 즐기고 있었다.

하얀 모래가 중얼거렸다.

"저 두 사람은 체력이 있네~."

"……노노노는 수영부 주전인 모양이니까."

"가지와 오이 선생님은?"

"아……, 그러고 보니까 1주일에 세 번 헬스장에 다닌다고 했던 것 같은데."

"그렇구나~. 나도 헬스장에 다닐까?"

"안 돼."

"어, 어째서?"

"하얀 모래는 이쪽에 있으라고. 게으름뱅이 동료 같은 냄새가 나니까!"

"으아……, 너무 싫은데. 돌아가면 꼭 다닐 거야! 이제 나는 주위 사람에게 맞춰주지 않기로 결심했어!"

하얀 모래가 결의를 표명했다.

하라미가 입술 끄트머리를 슬쩍 일그러뜨렸다.

"뭐, 마감에 쫓기다 보면 어차피 못 가게 될 거야."

"크윽?!"

두 사람이 시끌시끌 떠들고 있자니 15분 뒤늦게―――, 그제야 유우토와 마리가 올라왔다.

유우토가 말을 걸었다.

"이제 코앞이야, 마리!"

"……내, ……최후가……?"

"아니, 아니, 도착 말이야. 후레아이 목장."

"나……, 결심했어."

"뭘?"

"앞으로 평생, 자전거는 안 탈 거야."

"하하……."

페달을 천천히 밟아보니 전동 보조 덕분에 평지와 별 차이 없는 느낌으로 올라갈 수 있었기에 유우토는 상상했던 것보다 훨씬 편했는데. 사람에 따라 다르긴 하겠구나.

자전거를 세워두고 다른 일행과 합류했다.

후레아이 목장———.

노노카와 가지가 소와 장난치고 있었다.

"와아……, 귀엽네요!"

"이렇게 가까이 다가오기도 하나 보네요."

소를 방목하는 장소가 넓었고, 사람이 돌아다닐 수 있는 통로는 울타리로 제한되어 있었다.

하지만 소가 다가와 주었기에 손을 뻗으면 닿을 수 있을 것 같은 거리였다.

주저앉은 소에게 맞춰서 노노카가 몸을 앞으로 숙였다.

원피스에 감싸인 봉긋한 부분이 흔들렸다.

가지가 빤히 바라보았다.

"……닮았네요."

"네?"

노노카는 이해할 수가 없어서 머리 위에 물음표를 띄웠다.

하라미가 산꼭대기를 손가락으로 가리켰다.

"앗! 더 위쪽까지 올라간 사람이 있어!"

올려다보니 산을 걸어가는 사람이 보였다. 콩알만큼 작게.

"호오……, 올라갈 수 있는 건가."

유우토는 감탄한 듯이 목소리를 냈다.

등산로가 있고, 계단 형식으로 되어 있어요———, 하얀 모래가 그렇게 설명해 주었다.

하라미가 눈을 반짝였다.

"가볼까?!"

"기각."
제안이 끝난 것과 동시에 마리가 거절했다.
유우토는 쓴웃음을 지었다.
"뭐……, 등산할 준비는 안 해왔으니까."
"으~."
불만이라는 듯이 입술을 삐죽대면서도 이번에는 하라미가 물러났다.
와보긴 했는데, 어떻게 하지? 그렇게 생각하고 있자니 가지가 카메라를 들이댔다.
작긴 하지만 센서와 렌즈만은 큼직했다. RX100의 초대 모델이라고 했다.
"모처럼 왔으니 기념 촬영을 할까요?"
"좋은데."
유우토 일행은 산을 등지고 나란히 섰다.
찰칵, 찰칵, 찰칵, 찰칵, 찰칵……, 가지의 카메라가 연달아 셔터음을 울렸다.
포즈를 취한 채 하라미가 중얼거렸다.
"……가지 씨, 사진 찍는 걸 좋아한단 말이지."
"난 같이 외출하는 게 이번이 겨우 두 번째라 처음 알았어."
마리가 질려서 '음료수 사올래'라고 말하고는 뛰어갔고, 하얀 모래가 쫓아갔다.
노노카만은 인기 코스플레이어의 버릇인지 렌즈 앞에서

멋지게 포즈를 취하고 있었다.

가지가 기뻐보였다.

"노노카, 역시 대단하네. 다음에 정식으로 모델 일을 의뢰해볼까?"

"와아, 열심히 할게요!"

이미 기념 촬영이 아니라 촬영회가 된 것 같다.

거리 쪽에서 땅울림이 들렸다.

돌아보니———.

비행기가 활주로를 달리고 있었다.

"아, 이륙하네."

하라미도 같이 보고 있었다.

"뜨지 못하면 바다에 떨어지겠지? 저거."

"아니, 아니……, 그러면 멈춰서겠지."

배가 커다란 회색 비행기는 떨어지지도, 멈추지도 않고 둥실, 지면에서 떠올랐다. 천천히 하늘로 올라갔다.

꽤 높은 곳까지 올라왔구나.

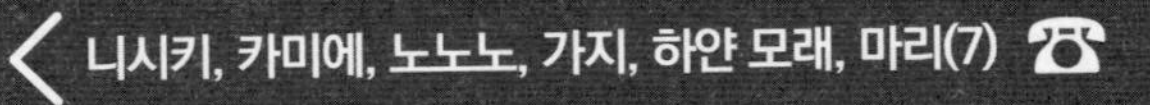
니시키, 카미에, 노노노, 가지, 하얀 모래, 마리(7)

니시키, 몸 상태는 어때?

열은 내렸는데, 아직 딱딱한 건 못 먹어.

무리하지 마세요.

몸조리 잘하세요.

신선초 덴뿌라 맛있더라!

카미에?!

하라미, 언젠가 울린다.

Episode 4. 열렬 환영!

저녁———.

주황색으로 빛나는 바다를 곁눈질로 보며 해변에 있는 호텔, 《리도 파크 리조트》로 들어섰다.

유우토는 약간 고생하면서도 렌트카를 주차장 칸 안에 세웠다.

조수석에서는 완전히 뻗은 마리가 자고 있었다. 그녀의 자그마한 어깨를 흔들며 깨웠다.

"도착했어."

"집이야?"

"귀가가 너무 이른 거 아닐까?"

호텔 프론트에서 체크인 수속을 마쳤을 무렵, 자전거팀이 도착했다.

하지만 전동 자전거 렌트는 저녁까지만 할 수 있다. 밤길에 자전거를 타면 위험하고 배터리도 충전할 필요가 있다. 그녀들은 자전거를 반납한 다음 택시를 타고 호텔까지 왔다.

네 사람이 들어왔다.

노노카, 하얀 모래, 하라미, 가지…….

지나가던 손님들이 돌아보거나 빤히 바라볼 정도로 눈

길을 끌고 있었다.

하라미가 로비를 보고 들뜬 목소리로 말했다.

"괜찮네, 멋지고!"

"니시키가 고른 곳이니까 나중에 고맙다고 하자."

"살아있으면 좋겠네~."

전화도 할 정도니까 괜찮겠지만.

하얀 모래가 큼직한 캐리어를 끌고 왔다.

"유우토 선배, 이거 차로 옮겨주셔서 감사합니다."

"뭐, 그 정도는 해야지."

일단은 유일한 남자고.

"방은 어떻게 할까요?"

"음……."

원래는 일곱 명 예정이었으니 2인실, 2인실, 3인실로 방을 나누었다. 지금은 여섯 명.

"누군가가 유우토 선배와 같은 방을 쓰는 건가요?!"

네에?! 노노카와 가지가 그렇게 말하며 서로 마주 보았다.

유우토는 어깨를 으쓱였다.

"그럴 리가 없잖아. 나는 2인실을 혼자 쓸게. 가위바위보라도 해서 방을 정해줄래?"

"그렇겠죠~."

휴우, 노노카와 가지가 그렇게 숨을 내쉬었다.

결국 가위바위보는 하지 않은 모양이었다. 잠깐 이야기를 나누면서 자연스럽게 방을 정한 것 같았다.

3인실이 마리와 노노카, 하얀 모래. 2인실이 가지와 하라미, 그렇게 방이 정해졌다.

유우토는 방으로 들어가 침대 옆에 캐리어를 내려놓았다.
창문을 열어보니 바다 냄새가 났다.
부드러운 바람에 파도 소리가 실려 와 희미하게 들렸다.
곧바로 침대에 쓰러졌다.
———오늘은 일찍 일어나서, 전철하고 비행기를 갈아타고, 익숙하지 않은 운전을 하고, 게다가 전동이라고는 해도 자전거를 타고 산을 올라갔다.
아직 저녁인데도 꽤 졸렸다.
"……좀 하드했단 말이지."
눈을 감았다.
부글부글부글부글……, 물속으로 가라앉는 듯한 느낌. 바닷속으로 잠겨갔다.

노크 소리에 의식이 돌아왔다.
내가 잤나?!
지금 몇 시지?!
유우토는 급하게 몸을 일으켰다. 이곳은 오토락으로 문이 잠기는 호텔이다. 엄청나게 오랫동안 기다리게 해버렸는지도 모르겠다.
"이런?!"

소리친 것과 동시에 한순간 창밖을 돌아보았다.

밤.

하지만 아직 서쪽 하늘에는 주황색 빛이 남아있었다.

책상 위에 올려둔 스마트폰을 보니 한 시간 정도 잔 것 같았다. 밤 새서 작업을 해도 이렇게 잠들진 않는데…….

내가 그렇게 피곤했던 건가?

급하게 방문을 열었다.

"미안, 기다리게 해서."

"유우토 선생님, 고생하셨어요. 슬슬 저녁 식사를 하러 가실까요?"

노노카가 한 말을 듣고 '딱 좋은 시간이네'라고 말하며 고개를 끄덕였다.

"다들 뭐해?"

"먼저 로비로 갔어요."

"알았어. 금방 준비할게. 저녁 식사는 어디에서 할까?"

"하얀 모래 선생님께서 초대해주신다던데요."

"초대?"

로비로 가보니 모두가 기다리고 있었다.

유우토를 보고 하얀 모래가 뛰어왔다.

"선배, 고생하셨어요!"

"오래 기다렸지. 저녁 식사를 할 가게, 생각해둔 곳이 있다고?"

"네! 꼭 와주세요!"

그렇게까지 말하니 거절할 이유는 없다.
애초에 가게 선택은 니시키에게 맡길 생각이었기에 사전 조사를 해오지 않았다.

†

오래된 민가였다.
뜰에는 몇 살 정도인 건지, 신사라면 신목으로 모실 정도로 멋지고 커다란 나무가 있었다.
울창하게 뒤덮고 있는 나뭇잎 아래로 걸어가 보니 어둠에 휩싸였다.
완전히 밤이 되었다.
가로등이 없으니 달빛이 닿지 않으면 정말 아무것도 보이지 않았다. 도시에서는 체험할 수 없는 어둠.
발치가 어떤 상태인지조차 알아볼 수가 없었다. 밟아보고 나서야 그 감촉을 통해 자갈이라는 걸 알 수 있었다.
"여러분, 이쪽이에요."
꽤 큼직한 종이봉투를 든 채, 하얀 모래가 성큼성큼 건물로 향했다.
밤눈이 밝은 건지, 익숙한 건지…….
나무 뿌리도 있어서 넘어질지도 모른다는 생각에 유우토는 조심조심 그녀를 쫓아갔다.
현관 앞.

큰 나무를 잘라서 만든 판자를 그대로 써서 만든 간판이 걸려 있었다. 건물 조명 덕분에 겨우 읽을 수 있었다.

까만 먹으로 '카시타테안(樫立庵)'이라고 적혀 있었다.

하얀 모래가 문을 열었다.

"다녀왔습니다~."

"어?!"

유우토가 놀란 목소리를 내가 하얀 모래가 돌아보았다.

"여기, 저희 집이거든요. 생선 요리라면 이 섬에서 제일일 테니까 기대하셔도 좋아요!"

어어어?! 유우토뿐만이 아니라 노노카와 가지까지 목소리를 냈다.

마리는 선 채 잠든 건가 싶을 정도로 졸린 것 같았고, 하라미는 큰 나무 가지에 매달린 그네를 타고 놀고 있었다.

유우토 일행은 현관 앞에서 멍하니 서 있었다.

"친가라……."

그제야 새삼 큼직한 민가와 넓은 뜰을 바라보았따. 이게?

가지 씨가 친근감이 담긴 목소리로 말했다.

"일본 요리집 따님이셨군요."

"아하하, 저는 생선 살을 발라내는 것 정도밖에 못하지만요~."

"그것만으로도 훌륭하신 것 같은데요."

노노카도 고개를 끄덕였다.

"맞아요."

하얀 모래가 손을 살랑살랑 저었다.
"아뇨, 그런 건 다들 할 수 있어요. 아, 신발은 벗지 않으셔도 되니까 들어오세요."
그녀의 말을 듣고 다들 현관 복도로 들어갔다.
마리가 하품을 하며 물어보았다.
"흐아암……, '생선 살을 발라내는 것'이 뭐야?"
"너, 작가면서……."
"유우토 군, 작가는 상식왕이 아니야."
"그렇구나, 하긴, 공상으로 이야기를 만드는 사람이지."
"거짓말을 그럴싸하게 써내는 사람이야."
"말투 좀!"
농담이라고 생각한 건지, 노노카가 이야기를 듣고 웃으며 설명해 주었다.
"마리 선생님, 생선 머리하고 내장을 빼내고 몸 좌우와 등뼈, 그렇게 세 부분으로 나누는 거예요."
"어째서 나누는데?"
"네?! 음……, 등뼈는 살하고 똑같이 조리해서 먹을 수가 없으니까요."
"따돌리는 건 좋지 않아."
"그렇긴 한데요, 그게 아니라……, 앗, 귤 껍질 같은 거예요. 껍질은 알맹이하고 같이 먹을 수가 없잖아요?"
"난 귤보다 딸기가 더 좋은데?"
"으으으……."

평소 같은 모습인 마리에게 휘둘리던 노노카가 눈을 이리저리 굴렸다.

유우토는 어깨를 으쓱였다.

그런 모습을 보고 있던 하얀 모래가 물었다.

"마리 선생님, 소설은 읽기 편한데 어째서 이야기만 하면 저런 느낌인 걸까요?"

놀리면서 즐기는 것뿐인가? 문장을 쓸 때만 신경 쓰는 건가? 애초에 사고 패턴이 다른 건가?

"……나는 글 쓰는 사람이 아니라 잘 모르겠는데."

"저도 이해가 안 되거든요."

하얀 모래가 한숨을 쉬었다.

노노카와 마리의 엇나간 대화는 계속 이어지고 있었다.

"응, 응, 생선 잔뜩, 즐겁지."

"아으으……."

복도 안쪽으로 들어갔다. 약간 뒤쪽에서 가지와 하라미가 따라왔다.

"대단하네요. 이건 꽤 신기해요."

"그렇지~. 이렇게 낡은 건물은 좀처럼 볼 수가 없으니까."

"아, 낡은 걸로만 따지면 저희 친가도 낡긴 했는데."

"어?"

"보세요, 저 기둥하고 대들보 조합요. 동일본에서는 볼 수 없는 형태예요. 큐슈 쪽에서 자주 쓰는 구조거든요. 이 벽의 종류도 기온과 습도가 높은 기후에 적합한 거겠죠.

흥미롭네요."

"나는 가지 씨의 예상하지 못한 일면을 봐서 흥미로운데."

"네에? 제가 뭔가 예상하지 못한 말을 했나요?"

툇마루가 있는 복도를 쭉 걸어갔다.

안내받은 곳은 가장 안쪽 방이었다.

매우 넓은 다다미방 가운데에 도쿄라면 스무 명 정도가 쓸 법한 긴 좌탁이 있었다.

우선 눈길을 끈 것은 거대한 나뭇잎이었다. 테이블보 대신 쓰는 것 같은데, 1미터가 넘을 것 같다.

그리고 마찬가지로 나뭇잎을 접시로 써서 전채 요리가 나왔다.

분위기가 난다고 해야 하나, 판타지 같은 느낌까지 들었다. 이세계물에 이런 요리가 나올 것 같다.

마리가 눈을 반짝이며 코를 가져다댔다.

"이게 뭐야?! 이게 뭐야?! 처음 보는데!"

하얀 모래가 손가락으로 가리켰다.

"아, 본토에는 별로 없는 메뉴죠. 신선초 참깨볶음, 신선초 곤약, 갈고등어찜, 미역쇠, 대나무 요리……"

전부 향토 요리였다.

멋지네요! 그렇게 감동한 듯한 가지가 카메라 셔터를 연달아 눌렀다.

항상 찍히는 쪽인 노노카도 스마트폰 카메라를 들이댔다.

안쪽에서 가게 분이 나타났다.

전통복을 제대로 차려 입고 있었다.
"어서 오십시오. 오늘 와주셔서 감사합니다. 카시타테안의 여주인입니다."
허리를 크게 숙여 인사했다.
"아, 잘 부탁드립니다."
유우토는 고개를 숙여 인사했다.
여주인 옆에 하얀 모래가 섰다.
"어머니세요."
여주인이 쑥스러워하는 듯이 볼에 손을 가져다댔다.
"저희 딸이 여러분께 정말 신세를 많이 졌다고요."
"괜찮아."
마리가 대답하자 유우토는 급하게 나서서 다시 말했다.
"저희야말로! 사이좋게 지내주고, 섬도 안내해줘서 신세를 지고 있습니다."
하얀 모래가 이번에는 여주인에게 소개했다.
"음……, 이 사람이 저번에 말했던 유우토 선배."
볼이 약간 붉게 물들어 있었다.
어머니가 진지한 표정으로 빤히 바라보았다.
"그랬군요. 정말 폐를 많이 끼쳤다고요. 감사합니다."
"아, 아뇨……, 저는 아무것도……, 하얀 모래 양이 스스로 노력한 것뿐이고……."
"부디 앞으로도 딸을 잘 부탁드립니다."
"아, 네."

여주인이 다시 허리를 크게 숙여 인사했다.

왠지 방의 기온이 확 내려간 것 같은 느낌이 들었다.

어흠, 가지가 살짝 헛기침을 했다.

항상 사교적이던 노노카가 입을 다물고 있다.

마리가 방석 위에 앉아 메뉴판을 펼쳤다.

"패션 후르츠라는 게 뭐야?"

소프트 드링크 중에 그런 메뉴가 있었다. 하치조지마에서는 유명한 음료수인 것 같았다.

하라미가 한쪽 손을 들었다.

"아, 병 맥주 한 병 주세요."

그런 흐름으로 음료를 주문하게 되었다.

모두의 주문을 듣고난 다음, 여주인이 다시 고개를 숙여 인사했다.

"알겠습니다. 금방 회를 떠다 드릴 테니 잠시만 기다려 주십시오."

"엄마, 나도 도울게."

여주인과 함께 하얀 모래가 안쪽으로 들어갔다.

†

유우토와 노노카, 가지는 우롱차를 주문했고, 마리는 패션 후르츠를 주문했다.

모처럼 여행을 왔으니 맥주로 건배하고 싶긴 하지만, 렌트카를 운전해야 한다. 가지는 맞춰준 모양이었다.

하라미는 사정없이 맥주를 주문했다.

모두 함께 건배하고 목장에 있던 소 이야기를 하고 있다 보니———.

다다미방 맹장지 문이 열렸다.

젊은 점원분이 두 팔로 들어야 할 정도로 커다란 쟁반에 얹힌 큰 그릇에 회를 담아왔다.

전통복을 제대로 차려입긴 했지만, 요즘 스타일인 갈색 머리카락이 눈길을 끌었다.

유우토는 소리내어 말했다.

"하얀 모래 양?!"

"에헤헤……, 실례합니다."

그녀는 쑥스러워하면서도 익숙한 솜씨로 좌탁에 요리를 늘어놓기 시작했다.

노노카가 몸을 앞으로 내밀었다.

"와아~, 하얀 모래 선생님, 귀여워요!"

"선생님이라고 부를 만한 사람은 아니야~."

"정말 잘 어울리시네요!"

"고마워. 고등학교 때까지는 가끔 일을 돕기도 했으니까 익숙하긴 해."

"그러셨군요."

"특히 여름방학 때는 엄청 사람이 많이 오거든. 학교를 다닐 때보다 그림 그릴 시간이 줄어들어서 힘들었지. 아,

음료는 추가하지 않으셔도 되겠어요?"
그렇게 말하며 유우토를 빤히 보았다.
유우토는 잠시 생각한 다음.
"그럼, 우롱차."
"알겠습니다."
고개를 숙여 인사한 그녀의 모습을 다시 바라보았다.
"잘 어울리네. 하얀 모래 양이 일을 진지하게 하는 이유를 왠지 알 것 같아."
"아……. 그렇게 말씀해 주시니까 일을 도왔던 것도 보람이 있네요."
그녀는 자랑스러워하는 미소를 지으며 안쪽으로 돌아갔다.

회는 꼬리돔이나 금눈돔, 샛돔, 그리고 뭉툭입퉁돔 같은 도미회 잔치였다.
그 다음에는 커다란 접시에 소금 덩어리가 나왔다.
그 덩어리를 갈라보니 커다란 생선구이가 들어 있었다.
《소금가마 구이》라는 건데, 이렇게 큰 금눈돔 요리를 유우토는 처음 보았다. 게다가 오늘 아침까지 바다에서 헤엄치던 생선이라 그런지 살이 탱글탱글했다.
다 먹은 것과 동시에 생선 튀김에 소스를 얹은 요리가 나왔다. 이것도 큼직했다. 꽤 넓은 접시인데도 머리와 꼬리가 삐져나올 정도였다. 그것도 두 마리나.
가지고 온 하얀 모래에게 자기도 모르게 물어봤다.

"……이거, 6인분 맞지?"

"네! 더 나올 테니까 많이 드세요!"

그리고 돔 머리 찜도 큼직한 머리를 한 사람당 하나씩 받았다. 이미 충분히 배가 부르긴 했지만, 찜과 국, 마지막으로는 보리죽.

그제야 하얀 모래가 돌아왔다. 따로 챙겨두었던 회와 생선구이를 놀라운 속도로 먹어치우기 시작했다.

"응, 응, 역시 맛있네~. 본토 가게도 맛있긴 하지만, 집밥 맛이 제일이야!"

"……엄청난 속도구나."

유우토는 자기도 모르게 소리내어 감탄했다.

에헤헤, 하얀 모래가 쑥스러워 하며 웃었다.

"바쁠 때는 밥을 먹을 시간도 없을 정도라 자연스럽게 빨리 먹는 습관이 들었거든요. 평소에는 의식해서 천천히 먹지만요."

"그렇구나."

"어때요? 유우토 선배, 입에 맞으시던가요?"

"엄청 맛있었어."

노노카도 옆에서 고개를 끄덕이며 말했다.

"오히려 너무 맛있어서 곤란한데요."

"어?"

"생선이……, 아무리 많이 나와도 다 먹어버리니까."

"정말 그렇죠. 너무 과식한 것 같기도 한데."

가지가 심각한 표정으로 회를 입에 넣었다.

하라미가 '다이어트는 돌아가서 하자!' 그렇게 당당하게 선언하고는 보리밥을 마구 먹었다.

마리는 이미 한계에 도달해서 다다미에 대자로 누워 있었다. 배가 볼록, 부풀어 있었다.

"꺼억……."

마지막으로 디저트가 나왔다.

패션 후르츠였다.

겉으로 보기에는 달걀 크기인 포도 같은 느낌이었고, 안쪽에는 과육에 감싸인 씨앗이 들어 있었다.

신기한 걸 좋아하는 마리가 일어나서 다시 눈을 반짝였다.

"이게 뭐야?! 개구리 알 같아!"

"비슷한가요? 주스나 아이스크림으로 만들어서 먹곤 하는데, 그냥 먹어도 맛있거든요."

하얀 모래가 과육을 씨앗까지 함께 스푼으로 떠서 입에 넣었다.

마리도 똑같이 따라했다.

"으음……, 씨앗, 딱딱해."

"씹으면 먹을 수 있어요."

유우토도 시험삼아 먹어 보았다. 씨앗이 딱딱하긴 했다. 이야기를 듣지 않았다면 포도처럼 과육만 먹고 씨앗은 버렸을지도 모르겠다.

딱딱하다고 생각하며 씹어보니 꽤 간단히 부서졌고, 입

안에 새콤달콤한 맛이 퍼졌다.

"오……, 맛있는데."

시원스러운 신맛이 있고, 물기가 많은데도 진한 단맛이 났다. 결국에는 남기지 않고 다 먹어버렸다.

너무 많이 먹은 탓에 한동안 아무도 움직일 수가 없었다.

오후 9시가 지나자 그제야 일어설 수 있게 되었다. 호텔로 돌아가기 위해 택시를 불렀다.

노노카가 완전히 졸고 있는 마리의 손을 잡아당겼다.

하얀 모래는 옷을 원래대로 갈아입었다.

바깥은 완전히 어두웠다. 오늘 밤은 날씨가 흐려서 그런지 달이나 별도 보이지 않았다. 낮과는 달리 바람이 쌀쌀했다.

하라미가 부츠를 신을 때까지 유우토는 뜰에서 기다렸다.

"……."

문득 보니 주방으로 보이는 곳에 혼자서 설거지를 하는 남자가 있었다. 주름진 옆얼굴에 흰 머리카락이 섞인 머리. 50세 정도일까.

유우토 일행이 왔을 때는 창문에 발이 쳐져 있었던 것 같은데…….

그 말고 일하는 사람은 보이지 않았다.

그렇다면 저 사람이 하얀 모래의 아버지인가? 완고하고 엄한 장인 같은 분위기를 풍기는 남자였다.

여주인이 배웅하러 나왔다.

"여러분, 오늘 와주셔서 감사합니다."
"잘 먹었습니다."
유우토는 고개를 숙여 인사했다.
노노카가 힘을 꽉 주며 말했다.
"정말 맛있었어요!"
가지와 하라미도 인사를 한 다음, 불러둔 택시 쪽으로 향했다.
마지막까지 남아있던 하얀 모래에게 여주인이 어머니 같은 표정으로.
"카즈미, 정말 제대로 하고 있니? 무리하는 거 아니고?"
"괜찮다니까. 무리 같은 것도 안 하고!"
유우토는 처음 알았는데……, 하얀 모래의 본명은 카즈미인 모양이다.
계속 잠이 덜 깬 것 같아보이던 마리가 갑자기 멈춰섰고, 돌아섰다. 그리고 단호한 목소리로 딱 잘라 말했다.

"하얀 모래는 괜찮아. 내가 인정한 애니까."

마리에 대해 모르는 여주인은 당황했지만, 하얀 모래는 갑자기 그런 말을 듣고 눈을 크게 떴다.
"선생님……."
"하얀 모래."
마리가 오른손을 내밀었다. 그 어린애처럼 자그마한 손

을 하얀 모래는 영문도 모르고 잡았다.

"네."

"……배가 너무 불러서 걸어갈 수가 없으니까, 잡아당겨줘."

"아, 아하하……, 네, 마리 선생님."

"잠깐만. 천천히. 쏟아져나올 것 같아."

"네? 차는 타실 수 있겠어요?"

"노력할게."

마리와 손을 잡고 천천히 걸어가는 하얀 모래의 뒷모습을 여주인이 바라보았다.

주방에 있던 남자가 슬쩍 바라보았다. 말을 하지 않아도 신경 쓰고 있다는 건 알 수 있었다.

유우토는 그 광경을 바라보고 있었다.

———하얀 모래 양은 일러스트레이터가 되지 않았다면 이 가게를 물려받았을까? 그런 생각을 했다.

여자 요리사가 되었을까. 아니면 실력이 좋은 남편을 맞이해서 여주인이 되었을까.

그 눈 내리던 날 밤, 내가 하얀 모래에게 달려가지 않았다면……, 그런 미래가 있었을지도 모르겠다.

유우토는 자동차 운전석에 앉아 시동을 켰다. 백밀러 너머로 뒷좌석을 보았다.

하얀 모래와 눈이 마주쳤다.

"저희 부모님께서 유우토 선배를 '성실할 것 같다'면서 마음에 들어하셨어요. 또 와달라고도 하셨고요."

“어? 성실하다고? 글쎄……, 나는 그렇다 치고, 요리가 전부 다 맛있더라. 또 오고 싶긴 해.”

“네! 꼭 와주세요!”

마리가 ‘손님으로 말이지’라고 덧붙여 말했다.

니시키, 카미에, 노노노, 가지, 하얀 모래, 마리(7)

Episode 5. 밤의 기획 회의

목욕탕에 들어갔다.

바다가 보이는 노천탕…….

그런데 오늘 밤은 흐려서 달이나 별이 보이지 않는다. 창 밖은 전원이 꺼진 디스플레이와 별 차이가 없는 경치였다.

딱히 별일 없이 방으로 돌아와 머리카락을 말린 다음 침대에 쓰러졌다.

"……니시키가 있었으면 좋았을 텐데."

여행지에서 혼자 시간을 때운다.

그렇다고 해서 목욕을 하고 나온 여자 일행들의 방에 가는 건 좀 그런 것 같고.

유우토의 누나――, 쿄바시 아야카는 목욕을 하고 나온 상황뿐만이 아니라 목욕을 하고 있을 때도 쳐들어오는 사람이지만, 그게 비상식적이라는 건 알고 있었다.

"음……."

짐에서 아이패드와 펜을 꺼내서 크리스타를 켰다.

배도 부르고, 목욕을 하면서 몸도 지졌고, 슬슬 졸리기도 했기에 일로 그림을 그릴 컨디션은 아니다. 대충 적당히 낙서를 하기 시작했다.

요즘 작업 중에 다시 보기 시작한 카니버스터를 그리기

로 했다.

머릿속에 완성 이미지를 그렸다. 우선 대충 피부색을 칠하고, 그 다음에는 머리카락과 옷도 채색했다. 약간 어두운 색으로 그림자를 넣은 다음, 자잘한 부분을 그려넣었다.

눈동자에 붉은색을 넣었을 때, 누군가가 문을 노크했다.

항상 그랬듯이 내버려두면 알아서 들어오겠지———, 그런 생각으로 3초 정도 방치해두고 나서야 이곳이 호텔이라는 사실이 떠올랐다.

"그랬지……."

문을 안쪽에서 잡아당겼다.

찾아온 사람은 마리였다. 호텔 파자마 차림으로 팔짱을 낀 채 올려다보고 있었다.

어른용 파자마를 입어서 무릎까지 내려오는 원피스 같았다.

"유우토 군, 벌써 자는 줄 알았어."

"마리는 아직 안 잤구나."

"아직 날짜가 넘어가지도 않았으니까."

저녁 식사를 할 때는 졸린 것 같아서 목욕하고 나오면 바로 잘 줄 알았는데.

"무슨 일이야?"

"이야기하고 싶은 게 있어서."

"흐음……."

로비에서 이야기를 할까 생각도 해봤지만, 마리가 얇은

옷을 입고 있었기에 방으로 들어오게 했다. 감기에 걸리면 곤란하고, 다른 사람들 눈도 신경 쓰인다.

쓰지 않는 쪽 침대에 그녀가 뛰어들었다.

"넓어!"

파자마가 벌어져서 허벅지가 드러났다. 그 안쪽까지 보일 것 같았기에 유우토는 급하게 눈을 돌렸다.

"……아니, 마리?! 바지는?!"

호텔에 있는 파자마는 상하의 세트일 텐데.

그녀가 침대에서 책상다리를 하고 앉았다.

"헐렁해서 흘러내리거든."

"아동용을 빌리지."

"딱히 상관없어. 항상 알몸으로 자니까."

"굳이 말하자면 내가 곤란한데……."

"정말, 유우토 군! 그렇게 내가 잘 때 옷차림이 신경 쓰여?"

"그런 이야기였던가?"

방에는 로우 테이블 양쪽에 소파가 두 개 있었다. 유우토는 그중 한 쪽에 앉았다.

다시 이야기를 하기 시작했다.

"……그래서? 마리가 하고 싶다는 이야기가 뭔데?"

적어도 잘 때 옷차림하고는 상관이 없을 텐데.

그녀는 침대에 앉은 채로 팔짱을 끼고 고개를 갸웃거렸다.

"곤란하거든."

"흐음, 흐음."

"좀처럼 정할 수가 없어서."

중요한 정보가 빠져 있어서 전혀 이해가 되지 않았지만, 유우토는 끈기있게 계속 들어주었다.

잠시 후, 그제야 마리가 말했다.

"그러니까, 신규 기획이."

"아, 라이트노벨 기획 이야기였구나."

"유우토 군, 이제 와서 무슨 소릴 하는 거야?"

"네가 신규 기획이라는 말을 한 번도 안 해서 그렇지."

"말했는데?"

———말 안 했단 말이지.

지금까지 나눈 이야기를 정리했다.

"그러니까, 라이트노벨 신규 기획을 생각하고 있는데 좀처럼 정할 수가 없다는 거구나. 또 새로운 걸 시작하려고?"

"《고양이소나》도 끝나니까."

그래서 같은 레이블에서 새로운 시리즈를 시작한다. 일러스트레이터는 유우토로——, 그렇게 정해지지 않았던가?

벌써 마리는 담당 편집자인 나가이에게 기획서를 다섯 개나 제출한 모양이었다.

그중 하나가 편집 회의를 통과했다.

편집장이 강하게 '반드시 올해 안에 간행하는 걸로'라고 엄명을 내렸다고 한다.

그렇다면 그녀가 지금 의논하는 건 다른 레이블에서 낼 신작인가?

얼티밋 문고에서도 하얀 모래가 일러스트를 그리고 있는 새로운 시리즈가 시작된 직후인데.

유우토는 한숨을 쉬었다.

"마리, 그렇게 시리즈를 계속 늘리면서 정말로 원고를 일정에 맞게 쓸 수 있는 거야?"

"……물론이지."

"방금 약간 뜸을 들이던데!"

"괜찮거든? 괜찮거든?"

"그렇다면 상관없지만……, 그런데 그 신규 기획은 언제까지 정해야만 하는 거야?"

"작년 연말까지."

"이미 지났잖아!"

"아니, 재미가 없잖아! 그런 건 쓸 수가 없잖아."

"아니……."

작가 본인이 재미가 없다고 생각한다면 고쳐야 하긴 할 것이다. 유우토도 창작자이기에 납득이 될 때까지 고치고 싶다는 생각에는 공감해버렸다.

두 번째로 한숨을 쉬었다.

이대로 가다간 마리의 원고가 올해도 늦어지게 될 것 같다.

그녀가 침대에 엎드려서 몸을 쭉 내밀었다. 선물을 받은 어린애 같은 미소를 지으면서.

"맞다! 들어봐, 유우토 군!"

"듣고 있어."

"이 기획 말이지, 애니화된대!"

"……뭐?"

"그렇게 되기로 했다――――고, 높은 사람이 말했어."

드문 일이긴 하지만…….

시작되기 전부터 애니화가 결정되는 시리즈가 있다.

오구라 마리의 작품은 전부 평가가 좋다. 1권이 나올 때까지 기다릴 필요도 없다, 애니메이션 관계자가 그렇게 생각하더라도 이상할 건 없다.

왜 나한테 의논하는 거지? 그런 생각이 들기도 하지만……, 친구가 부탁하는 거니 조금이나마 협력해주고 싶었다.

애니화가 결정되어 있을 정도로 기대를 받고 있는 기획이라면 더더욱 그렇다.

유우토는 소파에 등을 기댔다.

"열심히 해야겠네……, 그 기획은 어디까지 정해져 있어?"

"남자애하고 여자애가 나와."

"……그야 오구라 마리의 작품이니까."

그녀의 대표작인 《고양이와 보석과 총의 소나타》는 보석과 총이 있고, 고양이가 말을 하는 이세계에 가게 된 고등학생 남녀 두 명이 주역인 이야기였다.

처음에는 상식이 통하지 않는 세계라서 당황하기만 하고……, 스파이로 의심받거나 인신매매범에게 팔려가 버리거나. 나중에는 세계가 산산조각날 위기에서 구해내는 장대한 장편 스토리가 되었다.

그리고 얼티밋 문고에서 하얀 모래와 함께 시작한 《곡이 흐르게, 달이 사라지게》는 이지적인 소년과 쾌활한 소녀가 고등학교에서 일어난 사건을 해결해나가는 이야기다.

교실에서 도둑질을 한 범인을 찾아내거나, 실종된 동급생을 수색하거나, 선배가 자살한 이유를 밝혀내거나…….

'다크 X 청춘'이라는 문구로 광고가 나가고 있었다.

전작, '벚꽃 방정식'의 마지막권과 동시에 간행되며, 이제 곧 발매된다. 이번 여행을 마치고 돌아가면 도쿄 서점에 진열되어 있을지도 모르겠다.

마리가 신규 기획 이야기를 계속 해나갔다.

"음……, 남자애는 당장 내일 죽을지도 모르는 병을 앓고 있는데. 그 아이가 흑마술사 여자애하고 알고 지내게 돼."

"응? 잠깐만 기다려봐."

"정말, 그 부분부터 못 쓰겠어?"

"못 쓰겠다는 게 아니라……, 그 소재, 나가이 씨한테 들었던 것 같은데."

"여기까지는 기획서에도 썼으니까."

유우토는 고개를 갸웃거렸다.

"어라? 다른 레이블에서 할 신규 기획 이야기 아니었어?"

아하하, 마리가 그렇게 웃었다.

"어째서 유우토 군이 그림을 그리지 않을 소설에 대해서 유우토 군하고 의논하는데? 그건 이상하지."

"그야……, 나도 이상하다고 생각하긴 했는데……."

네 행동이 항상 이상하니까——라는 말은 하지 않았다.
정보를 다시 정리했다.
마리가 자세한 내용을 정하지 못하고 있다는 신규 기획이란, 유우토가 일러스트를 그릴 작품 이야기였다.
그 기획은 시작되기 전부터 애니화 제안이 들어온 모양이었다.
"어떻게 된 거야?! 나는 처음 듣는 이야기인데?!"
"아, 그러고 보니까……, '누구에게도 말하지 마라'라고 했었지."
"너, 그런 건 말하면 안 되잖아……."
"그래도 유우토 군인데?"
이유가 안 되는 것 같다.
"음……."
이미 들어버린 건 어쩔 수 없으니 여기에서만 하는 이야기로 하기로 했다.
그건 그렇고, 그냥 넘어갈 수 없는 게 있는데.
"기획, 아직 결정된 게 아니었어? 나가이 씨가 '기획서를 다섯 개나 제출했다'라고 하던데? 설마, 거짓말이었어?"
아무리 데뷔할 때부터 신세를 진 은인이라 해도 일을 의뢰하기 위해 거짓말을 했다면 충격이다.
그녀는 고개를 갸웃거렸다.
"기획서는 냈는데?"
"그런데, 방금 신규 기획을 의논하겠다고……."

마리가 침대 위에서 책상다리를 하고 앉아 집게손가락을 펴들었다.

"유우토 군, 기획서 같은 건 적당히, 그럴싸하게 써두기만 하면 되거든?"

편집자가 들으면 화를 낼만한 말을 꺼냈다.
아니, 아니, 아니……, 유우토는 그렇게 말하며 고개를 저었다.
"적당히 쓰면 안 되잖아? 마리. 편집부에서는 그 기획서로 회의를 하면서 어떤 작품을 세상에 내보낼지 이야기를 나누는데."
나가이에게 그런 이야기를 들은 적이 있다. 유우토는 일러스트레이터이기 때문에 기획서를 내본 적이 없지만.
"그런 모양이네."
"애니화 이야기도 기획이 괜찮을 것 같으니까 들어온 거 아니야?"
"그럴지도 모르겠어."
"그렇다면 역시 적당히 쓸 수는……."
"난 소설을 쓰다 보면 이야기가 점점 바뀌어버리니까."
"어?!"
"나도 어떻게 할 수가 없어. 쓰다 보면 원래 생각했던 것보다 더 재미있는 이야기가 생각나니까. 생각나버리면 어쩔 수 없잖아?"

"음……."

유우토는 머리를 감싸쥐어버렸다.

마리는 아랑곳하지 않았다.

"분명히 재미있어질 거라는 생각이 들면, 바꾸겠지?"

"그렇지."

"그러니까, 저번에 낸 기획서는 그때 생각난 것들을 메모해둔 것뿐이야. 편집자분도 괜찮다던데."

"아……, 나가이 씨도 알고 있구나."

생각해보니 마리가 미리 정해둔 대로 이야기를 쓴다——는 게 믿기지 않는다.

일러스트레이터도 그리다 보니 제출했던 러프에서 바뀌어버리는 경우가 자주 있다.

마리가 손을 빙글빙글 돌렸다. 뭔가 떠올리는 모양이었다.

빠른 속도로 떠들어댔다.

"남자애는 흑마술사 여자애가 의식을 치르는 걸 봐버리거든. 비밀을 지키기 위해서 살해당할 뻔해. 하지만 죽는 건 전혀 무섭지 않고. 태어났을 때부터 내일 아침에는 깨어날 수 없을지 모르는 병을 앓았으니까. 계속 그런 몸이었으니까 '죽을지도 모른다'는 상황에 너무 익숙해져서 공포심이 마비되어버린 거야. 죽음을 두려워하지 않는 남자애를 흑마술사가 신기해하면서 아지트로 데리고 가. 비밀만 지키면 문제가 없는 거니까. 그래도 그녀의 동료는 납득하지 않겠지?"

"그, 그래……."

이렇게 단숨에 말하는 마리를 본 건 처음이었다.

마치 정말 좋아하는 작품에 대해 이야기하는 팬 같았다.

하지만 그녀가 말하고 있는 작품은 이 세상에 존재하지 않는다. 아직 그녀의 머릿속에만 있다.

"흑마술사는 남자애를 지키려 하다가 동료에게 살해당할 뻔해. 그녀가 지켜주기만 하던 그가 말하는 거야, '내가 죽는 건 두렵지 않아. 하지만 네가 죽는 건 두려운 것 같아'. 그렇게 말하면서 처음으로 무기를 드는 거지. 그가 태어날 때부터 앓던 병은 일반인보다 심장이 10배 빨리 뛰는 병이었거든. 그래서 일반인보다 10배 빠르게 움직일 수 있어."

"어? 그건, 좀……."

무리가 있지 않나?

마리가 고개를 갸웃거렸다.

"고양이나 쥐도 인간보다 빠르잖아? 맥박이 인간보다 빠르기 때문이거든?"

"아니, 아니, 아니……, 아, 그래도 뭐, 《고양이소나》에도 황당 무계한 설정이 있긴 했지."

고양이가 말을 하는 이세계였으니까.

개요를 들어보면 '말도 안 돼'라는 생각이 들지만, 읽다 보면 딱히 신경이 쓰이진 않는다.

"유우토 군, 이야기에 이상한 부분이 없으면 재미가 없잖아."

"아, 이상한 부분이라는 걸 자각하긴 하는구나. 그건 그렇고, 어떤 부분에서 고민하는 건데? 거의 다 정한 거 아니야?"

"음……, 남자애 얼굴 말인데, 고양이하고 쥐, 둘 중 어떤 게 더 나을까 해서. 개는 너무 평범하잖아?"

"네에에?!"

처음에는 작품의 특징인 줄 알았던 '히로인이 흑마술사'라는 게 묻힐 정도로 주인공이 터무니없었다.

쥐는 그려본 적이 없는데, 유우토는 그렇게 생각하며 쓴웃음을 지어버렸다.

밤이 깊어갔다.

†

한 시간 전———.

3인실 침대는 안쪽부터 마리, 노노카, 하얀 모래가 쓰고 있다.

목욕을 하고 나와서 다들 얼굴이 상기되어 있었다.

노노카는 손을 살랑살랑 저으며 부채질했다.

"목욕물이 참 좋았죠~."

"그렇지~. 좀 뜨거웠지~."

하얀 모래가 미소를 지었다.

새근새근……, 숨소리가 들렸다. 마리가 이미 자고 있었다.

노노카는 하얀 모래와 서로 얼굴을 마주보며 쿡쿡 웃었다.
"피곤하신 모양이네요."
작은 목소리로 말했다.
"엄청 잘 나가는 작가 선생님이니까~. 바쁘다고."
"어떻게 할까요?"
"음~. 깨우고 싶진 않지만, 아직 자긴 이른 시간이지……, 노노카, 잠깐 산책이라도 할래?"
"그러시죠."
노노카는 방 조명을 끈 다음, 하얀 모래와 함께 방을 나섰다.
그리고 한 시간 뒤, 깨어난 마리가 유우토의 방으로 가게 되는데…….

노노카와 하얀 모래는 호텔을 나섰다.
"역시 바깥은 좀 쌀쌀하네요."
"그렇지~."
주위는 완전히 어두웠다.
산이나 바다도 전혀 보이지 않았다.
호텔만 조명 때문에 어둠 속에 드러나 있었다.
귀를 기울여보니 파도 소리가 들렸다.
하얀 모래가 어깨를 으쓱였다.
"맑은 날에는 도쿄에서 볼 수 없는 밤하늘을 즐길 수 있는데……."

"그거 대단할 것 같네요. 그래도 이렇게 어두운 것도 신선해요! 밤하늘은 오렌지색으로 빛나는 이미지니까요."

"아……, 도쿄에서는 거리의 조명이 하늘에 반사되니까. 그렇구나, 오렌지색으로 빛나겠구나."

한동안 새까만 공간을 바라보며 걸어갔다.

하얀 모래가 이야기를 꺼냈다.

"노노카, 그 서머 니트는 어디 꺼야?"

밤에 산책 나오느라 지금은 짜임새가 헐렁한 서머 니트를 입고 있다. 흰색에 가까운 크림색이다.

"이케부쿠로에 있는 ZARA에서 샀어요."

"아~, 나도 가끔 가는데. 괜찮네, 그거 마음에 드는 느낌이야."

"연말연시 세일 때 다행히 남아있던 걸 샀죠~."

"윽……, 엄청 바빴던 시기네……, 세일은커녕, 집밖으로 나가지도 못했으니까."

"어머나……."

"그거 나 주면 안 돼?"

"아하하, 안 되죠."

가로등도 없어서 발치조차 거의 보이지 않을 정도였지만, 옆에 있는 하얀 모래의 표정은 겨우 알아볼 수 있었다. 이쪽을 바라보고 있었다.

"노노카는 말이지, 의외로 평범하네."

"평범해요~."

"아니……, 유우토 선배나 카미에는 꽤 오타쿠잖아?"

그런 의미로 평범하다는 거였나——, 노노카는 그렇게 생각하며 고개를 끄덕였다.

"저는 중학교에 들어갈 때까지 만화나 라이트노벨을 모르던 애였으니까요."

"코스어로 판매원까지 할 정도니까 완전히 진짜배기 오타쿠인 줄 알았거든."

"아하하……, 순한 맛이에요."

"사실 나도. ……오타쿠 계열 모임은 학교 친구들하고 미묘하게 분위기가 다르잖아?"

"그렇죠~."

노노카도 짐작가는 게 있었다.

하얀 모래가 안도의 한숨을 쉬었다.

"나만 그런 게 아니라 다행이네~. 오타쿠들은 진지하다고 해야 하나, 뭐든지 깊게 생각하는 사람이 많단 말이지."

"그럴지도 모르겠네요."

"마리 선생님은 무슨 말을 하는 건지 이해가 잘 안 될 때도 많고……."

"아하하, 유우토 선생님도 이해가 잘 안 되는 말씀을 하시곤 하니까요."

그렇지~, 하얀 모래가 그렇게 말하며 웃었다.

"그러고 보니까 말이야……, 노노카는 유우토 선배하고 오랫동안 알고 지냈어?"

"작년 여름부터네요. 제가 억지로 집안일을 돕겠다고 해서요."

"어? 의외로 적극적이네……?!"

"뜻밖인가요?"

하얀 모래가 잠시 생각한 다음, 어깨를 으쓱였다.

"아니, 뜻밖인 것도 아니겠구나. 노노카는 할 말을 꽤 하는 편이니까."

"그렇게 착한 애도 아니에요~."

"그럼……, 역시 유우토 선배하고……?"

으응? 이번에는 노노카가 고개를 갸웃거리며 생각에 잠겼다. 어떤 의미로 한 질문인지 눈치채고는 손을 좌우로 마구 흔들었다.

"아니에요! 정말로 그냥 집안일만 해드리는 거라서요!"

"아……, 중학생은 위험하니까 숨기고 있었던 게 아니구나……?"

"의심하셨나요?"

아니, 그게, 하얀 모래가 그렇게 말하고 웃으며 둘러댔다. 어디까지 진심이었는지는 모르겠다.

"그렇구나, 그렇구나……."

"유우토 선생님은 저를 그런 식으로 보지 않으시는 것 같아요."

"그럼 다른 여자는?"

그녀의 목소리에 진지한 느낌이 깃들었다.

으으음, 노노카가 그렇게 말하며 생각에 잠겼다.
"진구지 선생님하고는 사이좋게 지내시지만, 두 분 다 그런 느낌은 아니네요. 예전에 진구지 선생님께서 '아저씨를 좋아한다'고 하셨고요."
"호오~."
"마리 선생님은 유우토 선생님을 '좋아한다'고 하시지만요……."
"아, 그건 유우토 선배 쪽에서 별로 그럴 생각이 없는 것 같지 않아? 마리 선생님이 항상 폐만 끼치고."
"고생을 정말 많이 하고 계시죠……."
비명을 지르며 애쓰던 그의 모습을 떠올린 노노카는 미묘한 표정을 지었다.
하얀 모래가 중얼거렸다.
"……그렇다면, 가지와 오이 선생님이겠구나."
"유우토 선생님께서는 가지 선생님께 결혼 반지를 한 번 건네신 적도 있을 정도니까요."
"뭐어어어어어어어어어어어어?!"
비명같은 소리를 지른 하얀 모래의 입을 노노카가 급하게 막았다.
"벌써 밤이거든요?!"
아무리 호텔에서 멀리 떨어졌지만 큰 소리를 내면 안 된다.
하얀 모래가 고개를 끄덕였다.
"……미안."

"죄송합니다. 그렇게까지 놀라실 줄은 몰랐거든요."

사과하고 예전에 있었던 일에 대해 이야기했다. 유우토가 가지를 스토커로부터 지켜주기 위해 반지를 선물했을 때 있었던 일에 대해.

하얀 모래가 진지한 표정을 지었다.

"다른 사람을 돕기 위해서 온 힘을 다하는 건 선배답긴 한데……, 전혀 마음이 없는 상대에게 반지 같은 걸 선물할까?"

"그건, 글쎄요……?"

하지만 노노카도 적지 않게 호감을 품고 있을 거라고 상상할 수 있었다. 별로 생각하려 하지 않을 뿐.

"이번에도 가지 오이 선생님을 초대하자고 이야기를 꺼낸 게 유우토 선배였고."

"가지 선생님, 최근에 이케부쿠로로 이사하셨거든요."

"벌써 사귀는 거 아니야?!"

"그, 그럴 리는……, 데이트 때 입을 만한 옷은 전혀 안 입으시니까요."

"설득력 있네~."

열이 오른 머리를 심호흡으로 식혔다.

———그럼 하얀 모래는 어떨까? 유우토 선생님에 대한 마음은? 노노카는 그렇게 생각했지만 왠지 물어볼 수가 없었다.

하얀 모래가 쓴웃음을 지었다.

"뭐, 차분하게 생각해보니까……, 가지 오이 선생님하고 사귄다면 친구들에게까지 숨기진 않았겠지? 중학생도 아니고, 부끄러워서 연애를 숨기다니, 그런 짓은 안 할 거 아냐."

"중학생도 딱히 숨기진 않는데요."

"그러고 보니 노노카는 중학생이었지~. 이야기를 하다 보면 잊어버린다니까. 고등학생은커녕, 전문대에도 너보다 어린 느낌인 애가 잔뜩 있거든~."

"아하하……, 기뻐해도 되는 건지."

잘 알 수가 없었다.

노노카는 의도적으로 화제를 돌렸다.

"……하얀 모래 선생님께서는 어째서 일러스트레이터가 되려고 하신 건가요?"

"어? 지망 동기?"

"딱히 그렇게 면접 같은 질문은 아니지만요."

"음……, 프로가 되자고 결심한 건……, 인간 관계 때문이려나."

꾸욱, 그녀가 입술을 깨물었다.

숨을 삼키는 기척이 느껴졌다.

"아, 말씀하시기 껄끄러우시면……."

"괜찮아. 얼마 전에 유우토 선배가 나를 도와줬다고 했었잖아?"

"네."

"그때 말이지. 생각했거든——, 여기서 끝나면 분하다고."

"……분하다고, 요?"

"분하지! 누구든 내 마음을 억지로 일그러뜨리는 건."

하얀 모래가 눈가를 닦았다.

약간 떨리는 목소리로 그녀가 계속 말했다.

"나는 프로가 될 거야. 그리고 나를 부정한 모든 사람들이 나를 다시 보게 해주겠어! 그렇게 한 번 꺾일 뻔한 날 밤에 결심했지."

"……."

노노카는 조용히 듣고 있었다.

분위기를 바꾸려는 듯이 하얀 모래가 화제를 돌렸다.

"아, 그림을 그리기 시작한 이유는 그냥 한가해서. 시간 때우기로 그림을 그리다 보니까 점점 즐거워졌거든."

"시간 때우기."

"즐길 게 별로 없는 곳이고, 꽤 인도어파였거든~. 중학교 때까지는 집에 인터넷도 없었으니까."

"그럼 힘드셨겠네요~."

"고1 때, 집에 인터넷이 개통되었고, 정석 코스를 밟았지. 픽시브하고 트위터에 투고해서 평가에 일희일비하고……, 본토 전문대에 입학했을 때는 프로가 된다는 생각을 해본 적도 없었는데 말이지~."

"그렇게 잘 그리시는데요?"

"잘 그리는 사람은 잔뜩 있으니까. 지금도 내가 평가받는 이유를 잘 모르겠고."

"그런가요……."

하얀 모래가 새까만 하늘을 올려다보았다.

주먹을 꽉 쥐었다.

"지금은 그림으로 살아가고 싶어. 막연하게 생각하는 게 아니라, 진지하게 생각한 거야."

"……."

"아마 데뷔작의 매출로 전부 결정될 것 같아. 마리 선생님의 책인데 팔리지 않으면 아마 아무도 두 번 다시 써주지 않을 테니까."

"그럴 리가요?!"

"그림을 그리는 사람은 나 말고도 얼마든지 있으니까."

그녀가 어깨를 으쓱였다.

"……."

노노카는 할 말을 찾지 못했다.

"이제 곧 발매된단 말이지, 대승부를 벌이게 될 데뷔작이……, 그래서 이번 여행에 초대받길 잘했어. 집에 있었다면 무서워서 벌벌 떨면서 울었을 거야."

"너무 지나친 생각 아닌가요……?"

"무서워. 서점에 진열된 책이 전부 다 내가 그린 그림보다 멋지게 보여버린다고. 의미가 없다는 걸 알면서도 인터넷 서점의 예약 랭킹을 확인하거나, 하루에 몇 번이나 트위터에서 작품 이름, 작가 이름을 검색하기도 하고."

"감상을요?"

발매 전에 커버나 샘플이 공개되기 때문에 성급한 감상을 올리는 독자들도 있다. 주목되는 작품이라면 더더욱 그렇다.

"표지를 칭찬받으면 신이 나지. 안 좋은 평가를 받으면 죽을 것 같아지고. 말이 직접 심장에 꽂히는 느낌이야."

그러니까, 봐――, 하얀 모래가 그렇게 말하며 오른손을 들어올렸다.

손가락 끝이 떨리고 있었다.

"생각하다 보면 이렇게 되어버려서……, 그림 같은 걸 그릴 수가 없어. 집에 있어도 의미가 없잖아? 누군가와 함께 있으면 쓸데없는 생각만 하지 않아도 되니까, 모두에게 고마워하고 있어."

그렇게 떨리는 손가락을 노노카가 살며시 두 손으로 감쌌다.

얼음처럼 싸늘했다.

"하얀 모래 선생님……."

"노노카, 나는 아직 선생님 같은 게……."

"저! 항상 유우토 선생님께서 일하시는 모습을 보고 있고, 지금은 다른 분의 작품도 잔뜩 읽는 편이라고 생각해요."

"그런 모양이네."

"그러니까 믿어주셨으면 좋겠어요. 하얀 모래 선생님의 일러스트는 정말 훌륭해요!"

"……노노카."

"유우토 선생님께서도, 니시키 선생님께서도, 진구지 선생님께서도 말씀하셨어요——, 비판은 안 본 걸로 하고 칭찬만 읽는다. 그러지 못한다면 인터넷은 하지 않는게 좋다고요."

쿡쿡, 하얀 모래가 웃었다.

좀 전보다 부드럽고 자연스러운 웃음이었다.

"고마워. 그렇지! 이름도 모르는 사람의 비판보다는 유우토 선배나 노노카가 한 말을 믿을게."

"네!"

"방으로 돌아갈까."

하얀 모래가 손을 맞잡았다.

가녀리고, 부드럽고, 힘찼다.

이제 떨리지 않았다.

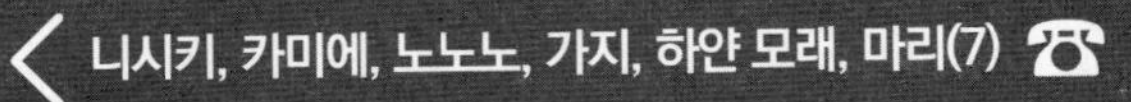

감상 같은 거 보세요?

그러고 보니까, 별로 안 보는 것 같은데.

전부 확인하지. 비판당하는 것도 익숙해졌으니까.

칭찬해주시는 분들이 많으셔서 기운이 나요.

흐하하……, 신자들이 칭찬하는 목소리가 잔뜩 들려! 험담! 그건 츤데레니까. 마음 속으로는 칭찬하고 있는 거야!

네 그런 부분은 진짜 부럽다.

Episode 6. 수영장의 비밀

이틀째———.

그날도 정말 맑았다.

도쿄는 다른 해보다 높은 기온을 기록했고, 이곳 하치조지마도 초여름처럼 따스했다.

어젯밤, 에어컨을 틀고 자지 않았던 걸 유우토는 후회했다.

땀을 닦으며 눈을 떴다.

눈부시다.

머리맡에 둔 스마트폰에서 멜로디가 흘러나오고 있었다.

"……네."

『언제까지 잘 거야! 유우토! 아침 식사 시간이 곧 끝나버리거든?!』

하라미의 앙칼진 목소리를 듣고 잠에서 깨어났다.

"아……, 그렇구나……."

어젯밤, 몇 시에 잤는지 기억나진 않지만 꽤 늦은 시간까지 깨어있었던 건 분명했다.

이것저것 생각하던 와중에 잠들어버린 것 같은데……?

그렇게 떠올리던 와중에———.

쿵쿵! 누군가가 문을 거칠게 노크했다.

하라미가 복도에서 기다리고 있는 건가?

유우토는 눈을 비비며 문을 열었다.

"……미안, ……옷 좀 갈아입게 먼저 가 있어."

"그러고 싶긴 한데, 가지 씨가……?!"

동영상을 일시정지한 것처럼 하라미가 말하던 도중에 굳었다. 그 뒤에 있던 가지가 눈을 크게 뜨며 입가를 두 손으로 가렸다.

그녀들의 시선이 유우토의 뒤에 쏠리고 있었다.

"어?"

기분 나쁜 예감이 들어서 돌아보았다.

침대 위에서 몸을 일으킨 사람이 있었다.

너무 큰 파자마가 흘러내려서 이곳저곳이 드러나버리고 있었다. 머리카락이 마구 헝클어져 있었고, 입가에는 침이 흘러내린 흔적이 볼까지 뻗어 있었다.

멍한 표정으로 이쪽을 보고 있던 사람은 마리였다.

"……유우토 군, ……좋은 아침~."

"뭐하고 있는 거야, 마리?!"

유우토의 머리에 하라미가 팔을 둘렀다. 옆구리에 끌어안은 채 헤드락이라는 프로레슬링 기술처럼 조였다. 관자놀이가 꽈악꽈악, 압박당했다.

"아야야야야……?!"

볼 근처에 부드러운 것이 짓눌렸지만, 그런 걸 신경 쓸 때가 아니었다. 오히려 그런 탄력이 더욱 확실하게 고정시켜주고 있었다.

하라미가 귓가에 사나운 목소리로 말했다.

"뭐하고 있냐니, 그건 너한테 할 말이잖아?! 유우토, 진짜로 뭘 해버린 거야?!"

"아니…… 어젯밤에 마리가 신규 기획에 대해 의논하러 왔고, 캐릭터가 너무 약하다 싶어서 둘이서 생각하다가 그대로 잠들어버렸을 뿐이라……."

완전히 생각났다.

마리가 설정을 따지면 히로인이 너무 희미하다고 하면서 어떻게 하면 될지 의논하자고 했다.

유우토는 스토리만으로는 캐릭터를 생각할 수 없었기에 비주얼적인 면으로 접근해보자며 아이패드로 이미지를 그렸다.

적당히 그린 다음 살펴보니 마리가 침대에서 자고 있었고, 벌써 밖이 밝아지기 시작한 시간이었다. 유우토도 한계를 넘어섰기에 그대로 자기 침대에서…….

꾸우욱, 하라미가 계속 조였다.

"정말이지?!"

"너도 우리 집 코타츠에서 자버린 적이 있잖아?!"

"으윽……?!"

그녀는 움찔거리며 뒤쪽을 보았다.

가지가 미소를 짓고 있었다.

"사이가 좋으시네요. 슬슬 아침 식사를 하러 가실까요?"

미소.

단, 가지의 시선은 창밖으로 쏠려 있었다.

오늘 아침도 날씨가 좋고, 창밖으로는 반짝반짝 빛나고 아름다운 바다가 보이니 분명히 그쪽을 보고 있을 것이다. 그런 걸로 해두자.

프로레슬링 기술에서 풀려난 유우토는 급하게 자기 캐리어 쪽으로 다가갔다.

"그, 금방 갈아입을 테니까."

"기다릴게요."

가지가 고개를 끄덕였다.

그러는 동안에도 하라미가 마리를 끌어안는 듯이 방에서 데리고 나갔다. 문이 닫혔다.

"마리, 남자 방에서 자면 안 되거든?!"

하라미가 한 말에 대답한 사람은 마리가 아니라 가지였다.

"카미에 양도 마찬가지거든요?"

"……네, 네에……, 조심할게요."

†

바다가 보이는 커다란 창문이 늘어서 있는 식당.

넉넉한 크기의 테이블이 50개 정도 있었다. 꽤 넓다.

느지막한 시간이었기에 다른 손님은 거의 없었다.

가운데쪽 테이블에서 노노카와 하얀 모래가 기다리고 있었다. 그녀들은 종이 냅킨에 그림을 그리며 놀고 있었다.

"아하하, 노노카, 그 고양이 뭐야? 너무 길지 않아?"
"고양이는 늘어나거든요~."
"그 줄무늬 무늬는 선배네 집 와콤이야?"
"네!"
유우토 일행이 나타나자 일부러 자리에서 일어나 인사했다.
"아, 좋은 아침이에요! 유우토 선생님!"
"좋은 아침이에요, 선배. 아, 역시 마리 선생님께서는 다른 방에 계셨군요."
하라미에게 혼난 직후였기에 자기도 모르게 긴장해버렸다.
"아무 일도 없었거든……?"
"응? 잘 모르겠지만, 유우토 선배 방에 계셨던 건가요? 어젯밤에 노노카하고 산책하고 돌아와보니 마리 선생님께서 안 계시길래 다른 방에 가셨나 했거든요. 신발은 그대로 있었으니까요."
그러고 보니 호텔 슬리퍼를 신고 있었지, 유우토가 그렇게 생각하며 떠올렸다.
참고로 파자마를 입은 채로는 식당으로 데리고 올 수 없었기에 하라미가 마리에게 파카를 빌려주었다.
그런 마리에게 노노카가 물었다.
"뷔페 형식인데 어떻게 하시겠어요?"
마리는 하품을 하면서 의자에 앉았다.
"흐아암……, 맡길게."

이런, 이런, 유우토는 그렇게 말하며 어깨를 으쓱였다.
"그럼 가볼까."
마리에게 자리를 맡아두는 역할을 맡기고 모두 함께 요리를 고르러 향했다. 식당 한구석에 다양한 메뉴가 늘어서 있었다.
노노카는 생선회나 찐 콩, 반숙 달걀, 우유 같은 걸 골랐고, 빵 같은 주식은 먹지 않았다.
하얀 모래는 쌀밥에 된장국, 낫토, 그렇게 완전히 전통 식단이었다.
"……노노카, 그것만 먹게? 쌀밥은 안 먹는구나?"
"좋아하는 걸 고르다 보니 이렇게 되네요."
"단백질밖에 없잖아. 육상 선수야?"
"딱히 의식하진 않았는데요……, 이래 봬도 수영부니까요."
"그러고 보니 그랬지~."
한편, 하라미는 빵에 스크램블 에그를 얹은 다음 케첩을 잔뜩 뿌렸다. 소세지와 베이컨, 감자를 곁들였다.
옆에 앉은 가지의 샐러드와 수프뿐인 아침 식사를 보며 말했다.
"가지 씨, 토끼 같아."
"그렇게 저녁 식사를 많이 하시고 그런 아침 식사를……, 카미에 양은 신경 쓰는 게 좋을 걸요?"
"아~, 아~, 아~, 안 들려."
하라미가 두 손으로 귀를 막았다. 어린애 같다.

마리에게는 노노카가 카페의 모닝 메뉴 같은 아침 식사를 마련해 주었다. 빵과 샐러드, 삶은 달걀과 커피.

"싫은 메뉴는 없으신가요? 마리 선생님. 나가사키 여행 때 드셨던 거하고 똑같은 메뉴로 해봤는데요."

기억하고 있었나.

마리가 빵을 들었다.

"고마워, 노노카."

"아뇨, 아뇨."

하얀 모래가 눈을 동그랗게 떴다.

"마리 선생님께서도 고맙다는 인사를 하시네요!"

"……가끔은."

마음을 꽤 터놓은 건가? 유우토는 그렇게 생각했다.

제일 먼저 다 먹은 하라미가 관광 안내 팸플릿을 펼쳤다.

"어디 갈까?! 나는 수영장이 좋은데! 이렇게 날씨가 따뜻하니까!"

하얀 모래가 젓가락을 든 채 들여다 보았다.

"수영장이라면 이 호텔 수영장이 좋을지도 모르겠는데요."

"호텔 수영장? 괜찮네. 부자 같은 느낌이라 나하고 딱 맞을 것 같지 않아?!"

마리가 지도를 손가락으로 가리켰다.

"폭포를 보고 싶어."

하얀 모래가 고개를 끄덕였다.

"우라미가 폭포 말이죠? 정석적인 관광 스팟이에요. 폭포를 뒤쪽에서 볼 수 있다는 게 전부이긴 하지만, 놀이기구 같은 느낌으로 숲을 산책할 수 있어요."

"재미있을 것 같네요!"

노노카가 손을 들었다.

사실 수영하고 싶은 거 아닐까? 유우토는 그렇게 생각했지만 입을 다물고 있었다. 수영장은 학교에서도 갈 수 있으니 숲에 흥미를 보였을지도 모르고. 도시에는 산책할 수 있을 만한 자연 같은 건 남아있지 않으니까.

눈이 마주치자 노노카가 물었다.

"유우토 선생님께서는 어떻게 하시겠어요?"

여행와서 배려해준다고 쓸데없이 지쳐봤자 소용이 없다. 거리낌 없이 말했다.

"좀 잘래. 잠이 너무 부족해서."

마리가 입술을 삐죽댔다.

"잘 거야? 유우토 군? 모처럼 섬에 왔는데, 아깝잖아."

너 때문이잖아?! 그런 말을 삼키고 그럴싸한 말을 했다.

"바닷바람을 느끼면서 낮잠을 자는 건 평소에 즐길 수가 없는 사치니까."

†

마리와 노노카, 하얀 모래, 이렇게 셋이서 버스를 타고 나갔다. 우선 마을로 가서 다시 전동 자전거를 빌려 우라미가 폭포로 간다는 모양이었다.

유우토와 나머지 일행은 호텔에 남았다.

진짜로 잘 생각이었는데…….

꾸벅꾸벅 졸다가 스마트폰에 메시지가 와서 깨게 되었다.

하라미『수영장 가자!』

유우토『졸려.』

하라미『가지 씨가 불쌍해.』

"비겁하잖아?!"

자기도 모르게 목소리가 나왔다.

이것저것 따질까 생각도 해봤지만, 오늘 아침에 그런 일도 있었으니까. 애초에 이번 여행에 그녀를 초대한 건 유우토다.

첫날은 모두 함께 행동해서 그렇기도 하지만, 가지와 이야기한 기억이 거의 없다.

대부분 옆에 마리가 있었고, 저녁 식사 때는 친가라는 이유로 하얀 모래와 이야기한 시간이 길었다.

유우토는 답장을 보냈다.

유우토『갈게.』

쭈우욱, 몸을 일으켰다.

"뭐……, 모처럼 하치조지마까지 왔는데 낮잠은 좀 그렇긴 하지."

자신을 설득하는 듯이 소리내어 말해보니 진짜로 그런 생각이 드는 게 신기했다.

수영복과 수건을 들고 로비로 향했다.

여전히 주위 사람들의 시선을 모으고 있는 두 사람이 보였다. 유우토가 합류하자 왠지 근처에 있던 남자들이 흩어졌다.

하라미가 허리에 손을 얹고 풍만한 가슴을 폈다.

"너무 늦었어~."

"자다 나온 거니까 어쩔 수 없잖아."

가지가 불안한 듯한 표정을 지었다.

"……역시 폐를 끼친 거 아닌가요?"

"아, 아니, 조금 자긴 했으니까. 모처럼 섬까지 왔는데 계속 자기만 하면 아깝고."

"후후……, 그렇군요. 다행이네요."

그녀가 안심한 듯이 숨을 내쉬었다.

일어나서 나오길 잘했다, 그런 생각이 들었다.

유우토 일행은 호텔 1층에 있는 탈의실에서 수영복으로 갈아입었다. 물론 남녀 따로.

호텔 뒤쪽으로 나갔다.

예년과는 달리 더운 탓에 마치 초여름처럼 햇살이 강했다. 발치에 진한 그림자가 드리웠다.

바다를 내려다볼 수 있는 위치라 가끔씩 세게 불어오는 바람에 바닷물이 섞여 있는 듯한 느낌이 들었다.

25미터 정도 크기에 타일이 깔린 수영장이었다.

오전이라 그런지, 아니면 다들 모래사장으로 간 건지, 다른 손님은 없었다.

"대절한 것 같네."

수영장은 넓었고, 파라솔 두 개와 새하얀 비치 체어가 세 개 있었다.

수평선 쪽에는 덩그러니 작은 배가 보였다.

적란운이 솟구치고 있었다.

여름 같다.

타닥, 발소리가 들리자 유우토는 돌아보았다.

수영복 차림에 얇은 파카를 걸친 가지가 다가왔다. 단풍 무늬 비키니가 유우토의 눈에 날아들었다.

허리에는 파레오를 두르고 있긴 했지만, 가녀린 배와 다리가 드러나 있었다.

예전에 이사를 도울 때 가지의 배가 살짝 보였고, 매우 예쁘게 생긴 배꼽이라고 생각했었다.

그렇게 세로로 선을 한 줄 그은 것처럼 단정한 배꼽이 지금 눈앞에 있다.

군더더기가 없다.

전부다.

가지의 군살없는 몸매를 본 유우토는 넋을 잃어버렸다.

“…….”

“저기, 어디 이상한 곳이 있나요?”

“헉! 죄송합니다, 저도 모르게 넋을 잃고 봐버려서요.”

“넋을……?!”

화끈, 가지가 그렇게 볼을 붉혔다.

유우토까지 볼이 뜨거워졌다. 머리가 새하얘진 채 뭔가 말을 해야겠다는 생각에 쓸데없이 초조해하며 말실수를 해버렸다.

“파레오 안쪽은 어떻게 되어 있는지 신경 쓰이네요.”

“네에?!”

그녀가 깜짝 놀라 눈을 동그랗게 떴다.

묘한 말을 해버렸다며 후회했다. 《되돌리기》로 방금 한 말을 없던 걸로 하고 싶어졌다.

“죄, 죄송합니다, 방금 한 말은…….”

가지가 귀까지 빨개졌다.

“……이, 이런 느낌이에요.”

떨리는 손가락 끝으로 파레오 끄트머리를 잡고는 살짝 들어올리기 시작했다.

어어어어어어~?! 유우토는 마음 속으로 그렇게 소리치면서도 눈을 돌릴 수가 없어졌다.

상상 이상으로 날씬한 가지의 허벅지가 드러났고, 평소 옷차림으로는 절대로 볼 수가 없는 다리 위쪽 부분까지.

그리고 소중한 곳을 감싸고 있는 것은———.

하라미가 옆에서 손을 살랑살랑 흔들며 유우토의 시야를 가로막았다.

"어이~? 여보세요~? 나도 있는데 말이지~. 보여? 보이시나요오? 단둘만의 세계 계열?"

그녀는 까만색 가죽으로 만든 것 같은 수영복을 입고 있었다.

오히려 본디지 코스튬처럼 보이기도 했다. 운동복인 수영복이 구속구여도 되는 걸까.

유우토는 눈을 흘겼다.

"……그런 야겜에나 나올 법한 수영복은 어디서 팔아?"

"ㅇ쿠텐!"

"그거 진짜 수영복 맞지? 성인용 괴짜 상품이 아니라."

"섹시하지?"

하라미가 머리카락을 쓸어올리며 그라비아 같은 포즈를 취했다. 하라미라는 별명과는 달리 그녀는 의외로 날씬했다.

육덕진 살집이 있으면서도 허리는 잘록해서 이른바 그라비아 체형이었다.

하지만 알맹이는 하라미다.

유우토는 한숨을 쉬었다.

"수영장보다 지하실이 더 어울릴 것 같은데……."

"기대되어서 가슴이 두근거려?"

"불안해서 조마조마하지. 호텔 사람이 보면 혼날 것 같은데."

다른 손님이 없어서 다행이다.

정말! 하라미가 그렇게 말하며 입술을 삐죽댔다.

"유우토, 재미없어!"

"넌 그런 눈으로 보는 걸 싫어하는 주제에……."

"야한 눈으로 보는 건 싫지만, 쿨한 반응은 맥이 빠지는 소녀 같은 마음이라고~!!"

그렇게 소리치며 수영장으로 뛰어가려 했기에 급하게 말렸다.

"준비 운동!"

"네에~."

의외로 말을 잘 들었다.

그런데 마치 야동 같은 옷차림으로 준비 운동을 하고 있는 하라미도, 균형 잡힌 몸매인 가지가 팔다리를 뻗는 모습도, 여러 가지 의미로 계속 바라볼 수가 없었다.

유우토는 바다를 바라보며 준비 운동을 했다.

†

햇살이 강하긴 했지만, 물에 들어오니 계절을 실감했다.

단숨에 체온을 빼앗아 가는 것처럼 차가웠다. 시간이 좀 지나자 익숙해졌고, 수온이 별로 느껴지지 않게 되었지만…….

처음에는 그냥 헤엄치다가 10분도 지나지 않아서 질린 모양이었다.

하라미가 수영장 가장자리에 놓여 있던 푸른색 비트판을 가지고 왔다.

"여기 앉을 수 있어?!"

초등학생 때 그런 놀이를 했던가?

부력이 있는 비트판을 가라앉힌 다음 그 위에 앉는다. 조금이라도 균형을 잃으면 뒤집어지게 된다.

유우토는 어깨를 으쓱였다.

"나이도 먹을 만큼 먹은 어른이……."

"잘 보라고! 하앗!"

뜻밖에도 하라미가 단번에 앉았다. 5초 정도는 유지했나?

마지막에는 균형을 잃었지만, 익숙한 듯이 비트판에서 내려왔다.

으스대는 표정으로 말했다.

"다음, 유우토 차례야."

"아니, 나는……."

"가지 씨~? 이 남자는 이렇게 허당이니까~."

"알았어."

싸구려 도발이긴 했지만, 일부러 받아들였다.

비트판을 두 손으로 물속에 밀어넣었다. 하라미가 했던 것처럼 그 위에 정좌했다.

하지만 생각보다 중심이 뒤쪽에 있었던 모양이었다. 1초 정도는 올라타고 있었지만, 뒤쪽으로 뒤집어져버렸다.

물속에서 한 바퀴 회전한 탓에 코로 물이 들어가 숨이 막혔다.

"콜록! 콜록!"

"아하하하하하하하하하하하하!"

———크윽, 하라미 이 자식.

물 위에 떠 있던 비트판을 가지가 붙잡았다.

"그럼 다음은 제 차례네요."

하라미가 급하게 말렸다.

"가지 씨, 그만 두는 게 나을걸?! 물을 뒤집어 쓰면 화장이 번질 텐데."

"그, 그렇게까지 화장을 두껍게 하진 않았어요."

"머리카락도 뻗칠 텐데?!"

"윽…… 그래도, 두 분께서 하셨으니까……, 저도!"

그녀가 비트판을 물속으로 가라앉혔다.

그 두 팔 사이로 있는 힘껏 양쪽 무릎을 넣었다.

멋진 형태의 정좌———, 하지만 균형을 잡는 것과는 별로 상관이 없었다.

"꺄아악!"

앞쪽으로 기울어져서 뛰어드는 듯한 자세로…….

유우토를 향해.

"가지 씨?!"

그렇게 소리친 것과 받아낸 것이 거의 동시였다.
품속으로 뛰어든 그녀를 끌어안았다.
부드러운 감촉이 느껴졌다.
그와 동시에 가지가 짓밟은 형태가 된 비트판이 물속에서 세차게 튀어나왔다. 하라미의 얼굴에 어퍼컷처럼 들어갔다.
"끄아으윽?!"

†

유우토와 가지는 수영장 가장자리에 있는 비치 체어에서 쉬었다.
파라솔이 괜찮은 느낌으로 그림자를 드리우고 있었다.
결국 받아주던 유우토와 함께 물속으로 빠져버려서 가지의 머리카락에서 물방울이 떨어지고 있었다.
"카미에 양, 기운이 넘치네요……."
"하하하……."
하라미만은 아직 수영장에서 놀고 있었다.
유우토가 물었다.
"가지 씨, 요즘은 어떠세요?"
"네?"
"아니……, 기획이 이것저것 진행되어서 바쁘다고 들었는데 여행에 초대했으니 괜찮을까 싶어서요."

"……."

한동안 말이 없어졌다.

그냥 잡담을 할 생각이었기에 그렇게 심각한 표정을 지을 거라 예상하지 못했던 유우토는 초조해졌다.

외부인에게 이야기하기 힘든 거라면 억지로 캐묻는 건 폐가 될 것이다. 그녀가 말하지 않는다면 더 이상은…….

화제를 돌리려 했을 때, 가지가 입을 열었다.

"……사실, ……저번 달에 회사를 그만두었거든요."

"네에?!"

"저, 올해 들어서 아무래도 컨디션이 안 좋아서요. 예전처럼 그림을 그릴 수가 없어져버렸거든요."

"설마, 슬럼프라는 건가요?"

"모르겠어요. 아무리 그려봐도 납득이 되질 않아서요. 고치고 또 고쳐도……, 마음에 들지 않는 것만 나오고요."

"그럴 수가……."

"유우토 씨는 그런 경험……, 없으신가요?"

기억을 더듬어 보았다.

"……있어요."

자신이 '쿄바시 아야카의 동생'으로만 인식된다는 생각에 풀죽었을 때, 누나와 비슷한 그림체로 그린 것들이 전부 가치없게 느껴졌다. 그런 시기가 있었다.

가지가 고개를 끄덕였다.

"누구에게나 있는 법일까요……."

"납득할 수 있는 그림을 그리지 못하게 되어서 회사를 그만두신 건가요?"

"아뇨……, 저도 나름대로 오랫동안 일을 해온 프로니까 납득하지 못하면서도 스케줄은 지키고 있었는데요."

솔직히 존경한다.

"그럼?"

"고민하던 걸 상사가 눈치챈 모양이라서요."

"같은 직장에 있으면서 그리는 모습을 보면 눈치채겠죠."

"부하를 잘 챙겨주고……, 정말 좋은 분이신데요……, 저기……."

"으응?"

"식사 초대를 받아서요."

"뭐……, 부하가 고민하고 있으면 그 정도는."

"네, 그렇죠. 식사를 하면서 이야기를 들어주셔서 마음이 조금 편해졌고, 참고가 될 만한 의견도 들었고요……."

"좋은 분이네요."

"그렇게 생각했죠."

"……."

분위기가 이상해지기 시작했다.

가지가 말하기 껄끄러운 듯이.

"그, 그런, 다음에…………, 숙박 시설에까지 가자고 하셔서."

"네에?!"

그건 부하를 챙겨주는 게 아니라 흑심이 있었던 것뿐인 것 같은데?!

가지가 고개를 푹 숙였다.

"어째서일까요? 고민을 들어주셨을 때는 정말 감사했어요. 조언도 참고가 되었다고 생각했는데……, 그 직후에 그런 말을 들으니……, 지금까지 했던 말들은 전부 꼬시기 위해 했던 말이었나 싶어서요. 진지하게 털어놓고 의견을 청했던 게 대체 뭐였나 싶고요."

"…………."

"난 참 바보다, 싶고……, 꼴사나워져서요."

"……."

"바로 그 자리에서, 그만두겠다――고 말해버렸어요. 기세를 못 이겼다고 해야 하나요……, 제가 이렇게 냉정하지 못한 사람인 줄은 몰랐으니까……, 그것도 한심했고요."

유우토는 무슨 말을 해야 할지 고민했다.

"저는……, 회사를 다녀본 적이 없어서……."

"아, 그러시죠……."

그런 회사는 그만두는 게 당연하다――는 생각이 들었지만, 취직한 경험이 없기 때문일지도 모르겠다. 하지만――.

"가지 씨, 후회하세요?"

"회사 동료들에게 폐를 끼쳐버린 게……."

"폐를 끼친 건 그 상사 아닌가요?"

"그렇게 딱 잘라 생각할 수 있다면 좋겠지만요……."

유우토는 상상밖에 할 수 있는 게 없었다. 함께 노력하던 동료들이 자신의 퇴사로 인해 곤란해한다.

나만 참으면———, 그렇게 생각해도 되는 건가?

그냥 그런 제안을 받았을 뿐이다, 그렇게 흘려넘겨야 하는 건가?

가지가 중얼거렸다.

"……제가 어쩌다 이렇게 되어버린 걸까요?"

수영복 차림에 머리카락에서 물을 떨어뜨리며 울상을 짓고 있던 가지와 눈이 마주쳤다. 연한 색 입술이 살며시 떨리고 있었다.

유우토는 억지로 시선을 돌렸다. 바다를 노려보았다.

솔직하게 말했다.

"저는, 어떻게 해야 했는지, 잘 모르겠어요."

"……."

"하지만, 가지 씨가 슬픈 걸 참는 건 왠지 싫네요."

"음……."

"죄송합니다, 도움이 못 돼서."

그녀가 고개를 저었다.

"이야기를 들어주셔서 마음이 편해졌어요……, 누구에게도 말할 수 없었던 거라서요."

"그랬나요? 아니, 회사에 말해도 될 정도 아닌가요?"

가지가 쓸쓸한 듯한 표정을 지었다.

"……제가 유혹한 거 아닌가, 그렇게 의심받을 뿐이에

요. 유우토 씨처럼 믿어주는 사람만 있는 게 아니니까요."

"네에?!"

"둘이서 식사를 하러 간 제가 경솔했죠. 이런 일이 처음도 아닌데……, 어째서 그 상사는 괜찮을 거라 생각한 건지……."

가지가 울먹이는 목소리를 냈다.

유우토는 무릎 위에 올려두고 있던 주먹을 꽉 쥐었다.

납득이 안 되지만, 그렇게 되어버린 모양이다. 이미 일어난 일을 한탄하기보다는 다음에 할 일을 생각해야 할지도 모르겠다.

"가지 씨……, 앞으로는 프리랜서로 해나가실 건가요?"

"좀 고민하고 있어요. 회사하고 계약했을 때부터 개인적으로도 일을 받고 있었으니까요. 그리고 그만두자마자 어떻게 알게 되었는지 여러 회사에서 제안이 들어왔고요."

"그렇긴 하겠네."

가지는 정말로 의아하다는 듯이 고개를 갸웃거렸다.

성희롱으로 간판 일러스트레이터를 잃게 되는 바보 같은 짓을 했으니 소문이 업계에 퍼졌을 것이다.

직장에서 그 상사의 입장이 어떻게 될지……, 유우토는 딱히 신경 쓰지 않았지만, 그냥 넘어가진 못할 것이다.

"제안해주신 회사에 대해서 아직 자세히 알아보지 못해서요."

"천천히 골라보셔도 될 것 같은데요."

"그렇게 생각하고 있긴 한데요, 곤란한 게 좀 있어서……."
"응?"
"제 방에 카미에 양이 와 계시거든요."
유우토는 인상을 찌푸렸다.
"니시키에게 듣긴 했는데. 설날부터 계속 얹혀살고 있다고. 역시 폐를 끼치는 거 아닌가?"
"아뇨, 아뇨……, 저도 이번 일 때문에 풀죽어서 집에 왔을 때 카미에 양이 있어주니 도움이 되었다고 해야 할까요……."
"하라미는 활기차니까."
가지가 고개를 끄덕이고는 수영장 쪽을 바라보았다.
방금 이야기가 나온 하라미가 첨벙첨벙 헤엄치고 있었다. 저번에 봤을 때보다 실력이 늘었다.
가지가 껄끄럽다는 듯이.
"……사실, 이번 일을……, 아직 카미에 양에게 이야기하지 못했거든요."
"어라? 하라미는 집에 있는 거지?"
"네. 저는 1주일에 사흘 정도 회사에서 일을 하고 있는 걸로 되어 있고요."
"어, 어떻게 하고 있는데?"
가지가 껄끄럽다는 듯이 볼을 붉히며 젖은 머리카락을 쓸어올렸다.

"회사에 가는 척 하면서 나와서……, 다른 사람들의 눈이 있는 곳에서는 일로 하는 그림을 그릴 수가 없으니까, 공원 벤치나 강가 같은 곳에서 그리죠."

"네에?!"

"아, 계속 그럴 생각은 아니거든요? 제가 프리랜서로 전향하거나 다른 회사에 취직하는 게 정해질 때까지만……, 그렇게 생각하고 있을 뿐이니까요."

"얼른 하라미에게 말하는 게 나을 것 같은데."

가지가 고개를 저었다.

"카미에 양은 지금 정말 중요한 시기예요. 모처럼 일에 집중할 수 있는데 방해하고 싶진 않아요."

"아……."

지금은 애니화 직전이라 예민한 시기이긴 하다.

정서불안 증상을 보이며 일을 제대로 못하게 되는 크리에이터도 있다. 그럼에도 불구하고 의뢰가 폭발적으로 늘어난다.

요즘 하라미는 일을 잘 해나가고 있는 모양이다.

하지만 유우토는 가지의 사정을 알고 매우 화가 난 상태였다. 감정적으로 변했다.

나와 마찬가지로 이야기를 들었을 때———, 하라미가 지금까지처럼 일에 집중할 수 있을까? 모르겠다. 크리에이터의 컨디션은 파손주의다.

"하긴……, 하라미의 애니 관련 일이 일단락되거나 가지 씨가 거취를 분명히 할 때까지는 말하지 않는 게 나을지도 모르겠네."

"그렇겠죠."

"그래도 공원이나 강가는 좀……, 노래방이나 인터넷 카페 같은 곳은 어떨까요? 작업을 다른 사람이 보지 못할 것 같은데."

"노래방은 모르는 남자분이 들어온 적이 있어서……, 인터넷 카페도 무섭네요."

———미인은 왜 이렇게 살아가기 힘든 거지?!

유우토가 사는 곳과 같은 지역인 것 같지 않다. 위험한 게 잔뜩 있다.

가지가 한숨을 쉬었다.

"그래도 비가 오는 날에는 그럴 수가 없고, 밖이 춥기도 하니까 임대 사무실을 검토하고 있긴 한데요……, 빌려버리면 프리랜서로 해나가기로 결정해버리는 것 같아서요."

"그렇긴 하겠네요."

"제안해주신 회사에 대해 잘 알아보지도 않았는데 그렇게 하면 실례가 되겠죠."

"'공원이나 강가에서 일을 하지 않으면 실례다'라고 하는 회사는 없을 것 같은데."

가지의 마음 문제일 것이다. 마음의 문제이기 때문에 간단하지 않았다.

그녀가 비치 체어에서 일어섰다.

"아, 이야기를 했더니 속이 시원해졌어요."

"……나는 아무런 도움도 안 되었는데."

"그렇지 않아요. 들어주셔서 감사합니다."

"정말 괜찮아요?"

아무것도 해결되지 않은 것 같은데.

가지가 미소를 지었다.

처음에 보았던 심각한 표정과 비교하면 부드럽고 무리하지 않는 듯한 미소이긴 했다.

"수영하시죠? 모처럼 수영장에 왔으니까요."

"응."

유우토도 비치 체어에서 일어섰다.

니시키, 카미에, 노노노, 가지, 하얀 모래, 마리(7)
하치조지마 서점에도 마리 선생님하고 유우토 선생님의 《고양이소나》가 있어요! 대단하네요!
오~.
내 거는? 《072소대 전진하라!》는?
……
애니화도 되는데!

Episode 7. 혼욕 노천온천

점심 시간이 되자 수영장을 나섰다.

유우토는 로비에서 가지와 하라미를 기다렸다.

결국 세 명 다 온 힘을 다해 수영을 해버렸기에 여자들은 머리카락을 말리거나 화장을 고치느라 시간이 걸리는 모양이었다.

어른 여자는 수영장에서 노는 것도 수고가 많이 들고 힘든 모양이다.

로비에서 산 우유를 마시고 있자니 마침 노노카 일행 세 명이 호텔로 돌아왔다.

"아, 유우토 선생님!"

"여, 폭포는 어땠어?"

"멋졌어요!"

눈이 빛나고 있었다.

마리도 만족한 모양이었다. 약간 흥분한 듯이 말했다.

"유우토 군, 폭포를 내보내자, 폭포."

"《고양이소나》에? 하얀 모래 양도 보러 갔으니까 그쪽에 내보내야 하는 거 아니야……?"

"으응? 고등학교에 폭포가 있으면……, 재미있겠네!"

하얀 모래가 당황하면서.

"잠깐……?! 그런 세계관이 아니잖아요?! 유우토 선배, 말려줘요."

"뭐, 마리라면 확실히 재미있게 만들 거야."

"하얀 모래, 폭포, 싫어?"

"지정해주시면 그리긴 하겠지만요, 그런 문제가 아니지 않나요?!"

수다를 떨다 보니 하라미와 가지가 로비로 돌아왔다.

거리로 나가서 점심 식사를 할 예정이었는데…….

아무도 배가 고프다고 하지 않았다. 어젯밤에 저녁 식사를 든든하게 했고, 아침 식사도 제대로 챙겨먹었기 때문일 것이다.

유우토는 팸플릿을 바라보았다.

"오후는 어떻게 할까……?"

다들 이것저것 후보를 이야기했다.

사샤, 하얀 모래가 다가왔다.

귓속말을 하는 듯한 목소리로――.

"유우토 선배, 온천에 가고 싶다고 하지 않으셨나요?"

숨결이 약간 간지럽다.

"아, 응."

호텔 목욕탕도 충분히 멋지긴 했지만…….

"우라미가 폭포에 갔을 때 멋진 온천이 있다는 게 생각났거든요. 선배를 꼭 초대하고 싶다는 생각이 들어서요."

"그거 좋겠네."

“후후…… 그럼, 둘이서……”

하얀 모래가 그렇게 말하려 하자 마리가 재빨리 끼어들었다.

“온천, 재미있을 것 같아.”

“윽?!”

하얀 모래가 당황했다.

미묘한 표정을 지었다. 아무래도 뜻밖이었던 모양이었다.

마리가 주위에 있던 사람들에게도 말을 걸었다.

“노노카도 같이 갈래?”

“네에?! 저기…….”

고민하는 그녀를 보고 하얀 모래가 어깨를 으쓱였다.

“흥미가 있으면 같이 가는 게 어때? 본토에서는 좀처럼 볼 수 없는 온천일 테니까.”

“그럼 괜찮을 것 같네요. 가고 싶어요!”

가지와 하라미에게 어떻게 할 건지 물어보자———.

잠시 고민하는 것 같았지만.

“……내일은 시간이 그렇게까지 많지 않죠?”

“돌아가는 날이니까. 비행기 시간이 저녁이긴 하지만, 점심 식사를 한 뒤에는 공항 근처에 있는 게 나을 것 같은데?”

“그럼 오늘 가보고 싶은 곳이 있어서요…….”

키하치조.

유우토는 잘 알지 못했지만…….

하치조지마에서 만드는 식물 염색 견직물이었다.

작업장 견학도 할 수 있나 봐요———, 가지가 그렇게 말했다.

하라미가 한쪽 손을 살랑살랑 흔들었다.

"잘 모르겠지만, 살이 불 것 같으니까 이제 물에 몸을 담그는 건 됐어."

"알았어. 그럼 저녁 식사를 할 가게에서 합류하자."

유우토는 라인으로 가게 정보를 보내두었다. 하라미가 스마트폰을 확인하고 고개를 끄덕였다.

"응. 다이키치마루란 말이지."

"18시에 예약해 두었으니까 늦어질 것 같으면 연락해."

"오케이~."

가지와 하라미는 전동 자전거로.

유우토 일행은 렌트카를 타고 목적지로 향하기로 했다.

†

우라미가 폭포 근처에서 하얀 모래가 말하는 대로 주차장에 차를 세웠다. 주차장에 다른 차가 없었기에 이번에는 편했다.

산속에 있는 언덕길이다.

딱히 건물은 보이지 않았다.

"여기 맞아?"

"네."

하얀 모래가 고개를 끄덕였다.
"온천까지 꽤 오래 걸어가나?"
"아뇨, 금방이에요. 코앞에 있거든요."
눈앞에는 숲밖에 없다.
나무 뒤쪽에 입구가 있나――, 유우토는 그렇게 생각했다.
차에서 내려서 하얀 모래에게 안내를 받았다. 철책이 있고, 간판이 있었다.

『우라미가 폭포 온천을 이용하시는 여러분께.』

글자가 절반 정도 사라져서 읽을 수 없다는 게 약간 미스터리에 나오는 수수께끼 같았다.
철책 옆으로 아래쪽으로 내려가는 계단이 뻗어 있었다.
"이쪽이에요."
그 말대로 내려가 보았다.
절벽 위에 있는 것 같은 노천탕이었다. 주차장에서 계단만 타도 욕탕에 바로 갈 수 있었다.
주차장에 다른 차가 없는 걸 보고 예상하고 있긴 했지만, 다른 손님은 보이지 않았다.
관리인도 없다.
하얀 모래가 안내해주지 않았다면 정말 이용해도 되는 건지 고민했을 것이다.
협곡을 내려다볼 수 있는 위치였고, 좌우에서 나무들이

가지와 나뭇잎을 뻗고 있었다.

숲속의 온천이었다.

———본토에서는 좀처럼 볼 수 없는 온천이긴 하네.

마리가 신이 나서 휘파람을 불려고 하다가 푸슉, 맥빠지는 소리를 냈다.

유우토는 멍하니 서 있었다.

"여기가 탈의실이야?"

욕탕 옆에 오두막이 있었다. 나무 벽과 지붕, 목제 선반에 플라스틱 바구니가 놓여 있었다. 그건 상관없지만, 문도 없고 남녀 구분도 없었다.

하얀 모래가 말했다.

"놀랍게도 여긴 무료거든요. 정말 좋은 탕이라 선배가 꼭 와주셨으면 해서요!"

"수영복을 가지고 오라고 했던 게 그런 이유 때문이었구나……."

"수영장 같은 거죠."

"그, 그래."

안내받은 노천탕은 혼욕이었다.

마리가 흐느적흐느적 오두막으로 들어간 다음, 갑자기 원피스를 벗으려 했다.

하얀 모래가 급하게 말렸다.

"잠깐, 선생님?! 아직 유우토 선배가!"

"유우토 군이라면 괜찮아."

"안 괜찮아요!"

유우토는 오두막(탈의실?) 밖으로 나왔다.

"나는 밖에서 기다릴 테니까 먼저 갈아입어."

"……그래. 유우토 군은 부끄러운 걸 껄끄러워하는구나."

그녀가 한숨을 쉬었다.

신기하게도 하얀 모래가 쓴소리를 했다.

"마리 선생님은 좀 더 부끄러움을 아셔야 할 것 같은데요."

"어머, 부끄러운데? 그래서 좋은 거 아냐."

"이해가 안 되거든요?!"

꺅꺅 떠들어대며 그녀들이 오두막 안에서 옷을 갈아입었다. 유우토는 계단에 걸터앉아 노천탕을 바라보았다.

잠시 후, 먼저 노노카가 나왔다.

붉은색 꽃무늬가 들어가 있어서 남쪽 섬 같은 느낌인 비키니였다.

———읏?!

자기도 모르게 긴장이 되어버릴 정도로 박력이 넘치는 볼륨이었다. 저번에 보았을 때보다 확실하게 커졌다.

그러고 보니 살이 쪘다고 한탄했었지.

분명히 파괴력이 증가했다.

"와아~, 수영복을 입고 온천에 들어가는 건 처음이에요. 수영복을 입었는데 헤엄치지 않으니 신기한 느낌이네요."

그 다음으로 상하의가 나뉜 프릴 비키니를 입은 마리가 모습을 드러냈다.

"좀 답답하네……, 역시 아동용은 너무 작아."

가녀리고 기복이 없는 그녀의 몸에 상의는 딱 맞는 크기였지만, 하의는 천이 딱 달라붙어 있었다.

엉덩이에 파고든 천을 몇 번이나 바로잡았다.

"벗고 싶어."

"안 돼요, 마리 선생님."

마지막으로 하얀 모래가 탈의실에서 나왔다.

이쪽은 시크한 검은색 비키니.

균형잡힌 몸에 평범한 수영복을 입고 있다. 항상 약간 화려한 옷을 입고 다니는 하얀 모래도 이럴 때는 무난한 걸 고르는 모양이었다.

어떤 의미로 제일 안심이 되었다.

노노카와 마리가 몸에 물을 끼얹은 다음 탕 안으로 들어갔다. 휴우……, 노노카가 그렇게 숨을 내쉬었다.

"우후……, 좋은 탕이네요오."

"하얀 모래, 유우토 군, 얼른 와? 이거, 기분 좋은 거야."

마리가 손짓했다.

으윽, 하얀 모래가 그렇게 말하며 멈춰 서 있었다.

"으, 크다……."

뭐가? 그렇게 물어보기도 전에 유우토는 저거구나——, 눈치챘다.

노노카가 몸을 담그자 봉긋한 부분 두 개가 탕속에서 떠올랐다.

둥실둥실.

수영복으로 감싸인 상태인데도 그 볼륨과 부드러움을 보란 듯이 주장하고 있었다.

압도적인 질량 앞에서 하얀 모래가 자신의 가슴을 내려다 보았다.

"끄으으……."

마리가 어깨를 으쓱였다.

"괜찮은데? 유우토 군은 배꼽 성애자니까 거기 크기는 신경 안 써도 돼."

"잠깐?! 무슨 말을 하는 거야, 마리?!"

"……으."

하얀 모래가 배를 가리는 듯한 시늉을 했고, 노노카가 부끄럽다는 듯이 가슴에 손을 얹었다.

"하으으……."

세 사람의 시선이 따끔따끔 꽂혔다.

말도 안 되는 누명(도 아니지만)을 씌운 마리가 손짓했다.

"언제까지 보고만 있을 거야, 유우토 군. 그대로 들어올 거야?"

"갈아입을게."

오두막으로 들어갔다.

자기도 모르게 깜짝 놀라버렸다. 굳이 생각해볼 필요도 없을 정도로 당연한 거지만, 세 사람이 갈아입은 옷이 선반에 놓여 있었다.

여자 탈의실에 들어와버린 것처럼 겸끄러웠다.

게다가 문도 없는 곳에서 밖에 노노카 같은 사람들이 있는데 옷을 갈아입으려니 꽤 긴장되었다.

남자가 옷을 갈아입는 거라 금방 끝나긴 했지만…….

욕탕으로 돌아갔다.

"얼른, 유우토 군."

마리는 천진난만하게 손짓했지만, 다른 두 사람은 완전히 부끄러워하고 있는 것 같았다. 아무리 수영복 차림이라고 하지만, 유우토도 부끄러워졌다.

둘러대는 듯이 철책 밖을 들여다 보았다.

"우와……, 이게 뭐야. 바닥이 안 보이는데……."

나뭇가지와 나뭇잎이 시야를 가리고 있기 때문이긴 하지만, 마치 바닥이 없는 골짜기 같았다.

근처에 있던 노노카도 몸을 내밀었다.

"와아, 대단하네요."

"아, 다람쥐다. 아니, 족제비인가?"

"네에?! 어디어디어디어디요?!"

유우토가 손가락으로 가리키자 노노카가 자세히 살펴보기 위해 몸을 기댔다. 유우토의 가슴에 노노카의 봉긋한 부분이 닿았다.

"윽……?!"

눈치채지 못하고 있는 걸까.

얇고 젖은 천 너머로 부드러운 감촉이 눌렸다.

"어디 있어요~?"

노노카가 두리번거리며 상체를 움직여서 꾸욱꾸욱, 비벼졌다.

유우토는 석화된 것처럼 굳어버렸다.

그때, 마리가 뒤에서 끌어안았다.

"노노카가 야한 짓 하고 있어!"

"네?! 흐아아아악! 죄, 죄송합니다! 유우토 선생님!"

급하게 몸을 떼어냈다.

이번에는 등에 부드러운 감촉이…….

노노카와는 달리 볼륨감은 없지만, 가녀린 팔다리를 휘감았다. 체온이 온천의 물처럼 따스했다.

하얀 모래는 혼자 남아버렸다.

"너……, 너무 대담한 거 아닌가요?"

그렇게 중얼거린 목소리는 노노카의 '죄송합니다!'라는 목소리와 마리의 웃음소리에 묻혀버렸다.

정말 마음을 놓을 수 없는 온천이 되어버렸네, 유우토는 그렇게 생각했다.

———온천은 소극적으로 평가해도 최고였습니다.

†

"좋은 탕이었어. 고마워, 하얀 모래 양."

"후후……, 다행이네요."

예상했던 거하고는 좀 달라져버렸지만요———, 그녀가 작은 목소리로 그렇게 중얼거렸다.

유우토는 차를 몰아갔다.

"좋은 곳이네, 하치조지마."

"우후후."

"밥도 맛있고, 자연도 잔뜩 있고."

"의외로 마음 편히 올 수 있고요! 같은 도쿄니까."

"그러게."

"아, 거기서 오른쪽이에요."

조수석에서 하얀 모래가 길을 안내해 주었다. 렌트카에는 섬 전용 내비게이션이 있었지만, 나설 차례가 없는 것 같았다.

뒷좌석에서는 노노카의 무릎 베개를 베고 마리가 숨소리를 내며 잠들어 있었다. 모녀……까지는 아니지만 자매 같았다.

잠시 후, 목적지에 도착했다.

《슈퍼 아사누마》———.

일용품이나 잡화, 식료품을 팔고 있다. 이곳에 온 목적은 하라미가 '쇼핑을 하고 싶다'라고 연락했기 때문이다.

어떤 걸 팔지? 유우토도 섬 사람들의 생활에 흥미가 있었기에 저녁 식사를 하기 전에 슈퍼에서 합류하기로 한 것이다.

차를 세웠다.

마침 비닐 봉투를 든 하라미와 가지가 슈퍼에서 나왔다.

"고생했어~."

"유우토 씨, 고생 많으셨어요. 온천은 어떠셨나요?"

유우토는 머리를 긁었다.

"아~, 약간 놀라기도 했는데, 괜찮았어. 키하치조는?"

"정말 멋졌어요. 전통복은 친가에서 자주 봐서 익숙한데, 역시 독특한 분위기가 있네요."

"친가에서……?"

유우토의 질문에 가지가 대답하기 전에 하라미가 으스대는 표정으로 스마트폰을 보였었다. 스트랩으로 금빛 끈이 달려 있었다.

"이거 봐, 이거 봐, 예쁘지?"

"응? 혹시 그게 키하치조야?"

"응. 뿌리끈~."

"오오……."

하긴, 마치 금사 같네. 그러면서도 투명한 느낌이 든다. 색 조합이 신기한 견직물이었다.

그녀들이 사온 봉투를 보았다.

"벌써 쇼핑은 끝났어?"

"적당히. 그건 그렇고, 저쪽에 져지 카페라는 게 있어."

슈퍼 옆에 카페가 있었다. 소 마크가 눈길을 끌었다.
"우유 가게야?"
"커피 같은 것도 파는 것 같아. 아이스크림 먹고 싶어."
"목장에서는 못 먹었으니까."
비성수기라 목장 매점은 휴업 중이었고, 자판기만 켜져 있었다.
마리가 슈퍼를 손가락으로 가리켰다.
"유우토 군, 쇼핑 안 해?"
오기 전에 어떤 걸 파는지 구경해보자――, 그런 이야기를 했었다.
유우토도 흥미가 있었다.
"알았어, 같이 가볼까? ――우리는 슈퍼를 보고 올게."
"라져!"
하라미가 군인처럼 경례했다.
노노카가 두 손을 모았다.
"아, 죄송합니다. 저는 아이스크림을 먹고 싶어요. 저기……, 맡겨도 괜찮을까요?"
그러고 보니 노노카가 원하는 걸 말하는 건 신기하네――, 유우토는 그렇게 생각했다.
하얀 모래가 한쪽 손을 저었다.
"괜찮아~, 괜찮아~. 내게 맡겨."
"감사합니다!"
'무엇을 맡기겠다'는 말은 하지 않았다. 어느새 누군가가 마리를 돌봐주는 것이 암묵적인 규칙이 된 모양이었다.
그런 마리가 멋대로 슈퍼 쪽을 향해 걸어가기 시작했다.
좌우도 살피지 않고 주차장을 가로질렀기에 유우토와 하얀 모래가 급하게 쫓아갔다.

†

"흐아아, 진하네요오."
노노카는 입안에 퍼지는 농축된 우유 맛에 황홀한 표정을 지었다.
아이스크림의 차가운 느낌과 단맛이 기분 좋게 느껴졌다.
저지소 스티커가 붙어 있는 컵에 소프트크림이 잔뜩 담겨 있었다.
"응, 대단해~."
진구지 선생님도 똑같은 걸 먹고 있었다.
가지 선생님은 커피에 밀크를 많이.
"후우……."
어른 여자의 분위기가 느껴진다.
어린애 같은 미소를 지은 진구지 선생님이 스푼으로 아이스크림을 떠서 밀어붙이는 듯이 내밀었다.
"우후후~, 자, 가지 씨도!"
네? 가지 선생님은 그렇게 말하면서 망설이다가…….

약간 쑥스러워하면서 진구지 선생님이 내민 아이스크림을 먹었다.

"응."

"어때? 어떤 느낌이야?"

"정말 진하네요."

"야해."

"카미에 양?!"

"아하하……, 농담이야, 농담."

보고 있던 노노카가 더 부끄러워져버렸다.

"사이가 좋으시네요~."

진구지 선생님이 한쪽 눈을 감았다.

"부부니까."

"……슬슬 집으로 돌아가시는 게 낫지 않을까요?"

"너무 까불어서 죄송합니다~!!"

그렇게 주고받는 이야기도 부부 만담 같네――, 노노카는 몰래 그렇게 생각했다.

어째서 진구지 선생님이 집에 돌아가지 않는 거지? 신경 쓰이긴 했지만, 지금은 물어보고 싶었던 걸 물어보기로 했다.

"저기…… 두 분께서는 어째서 일러스트레이터가 되려고 하셨던 건가요?"

노노카의 질문에――.

한순간의 망설임도 없이 진구지 선생님이 곧바로 대답했다.

"신의 목소리를 들었으니까."
찌릿, 가지 선생님이 노려보았다.
"이럴 때는 진지하게 대답하는 게."
"아니, 아니, 아니……, 가지 씨, 혹시 안 믿었던 거야?! 나는 진지하게 신이라고."
점원분의 시선이 따가웠다.
가지 선생님이 이야기를 이어받았다.
"저는 그림을 그리는 게 좋았기 때문이에요. 그림을 일로 하고 싶어서 첫 회사에 응모했었죠."
성실한 그녀다운 대답이었다.
이번에는 진구지 선생님이 인상을 찌푸렸다.
"가지 씨, 진심을 말해야지. 우리, 친구잖아?"
"카미에 양이야말로 믿지 않으셨던 건가요?! 거짓없는 진심이에요."
노노카는 고개를 끄덕였다.
"지금, 일러스트레이터를 하시면서 즐거우신가요?"
"그야 그렇지~. 애니화도 결정되었으니까. 인생에서 제일 좋은 때인 것 같아. 뭐, 내 인생은 항상 지금이 최고지만."
아이스크림을 먹으면서 당연하다는 듯이 딱 잘라 말한 진구지 선생님과는 달리 가지 선생님은 눈을 내리깔았다.
결국 질문에는 대답하지 않았고, 오히려 질문을 던졌다.
"……노노카, 일러스트레이터에 흥미가 있니?"
아직 마음이 정리되지 않았기에 곧바로 대답할 수가 없

었다.

"없다고는 하기 힘들다고 해야 하나……, 그림을 그리는 게 어떤 느낌일까 생각하곤 해요."

불확실한 대답이었지만, 가지 선생님은 기분이 상한 기색도 없이 고개를 끄덕였다.

"그림 그리는 게 좋니?"

"아……, 제대로 된 그림은 못 그려서요."

"어떤 그림이든 상관없어. 하얀 종이에 펜을 놀리는 게 좋니?"

솔직하게 말했다.

"저, 아버지에게 그림을 칭찬 받은 적이 없어서……, 그래도 코스프레 의상을 만들기 전에 스케치를 하는 건 즐거워요."

2차원 캐릭터 의상을 그대로 만드는 건 힘들다. 제작하기 전에 설계도를 그려야 한다.

가지 선생님이 눈을 가늘게 떴다.

"그래, 즐겁구나……, 그런 마음이 있다면 분명히 괜찮을 거야."

"……."

노노카는 고개를 끄덕였다.

아직 이해하진 못하고 있지만, 중요한 이야기를 들은 것 같다.

가지 선생님이 혼잣말을 하는 듯이 중얼거렸다.

"……즐겁다고 느끼지 못하면 계속 해나갈 수 없으니까."

진구지 선생님이 빈 컵을 타앙, 테이블 위에 올려놓았다.

"일러스트레이터를 할 때 필요한 건 자신감이야, 노노노! 근거 같은 건 없어도 돼. 오히려 근거 같은 게 없는 편이 낫지."

"근거가 없는 자신감요……?"

"나는 신이야! 그것만으로도 그럴 이유가 되잖아."

노노카와 가지 선생님이 동시에 말했다.

""그건 힘들죠.""

"어째서~?!"

저지 카페, 맛있었어. 선물로 푸딩 사갈게.

? 가지 씨?

죄송합니다! 친구에게 보낼 건데 잘못
보내버렸네요!

하하……, 깜짝 놀랐네요.

정말 죄송합니다.

저지 우유 푸딩이라……, 맛있을 것
같네에……, 맛있을 것 같네에.

……사다드릴까요?

감사함다!

Episode 8. 행복한 섬 소주

저녁 식사는 대중 이자카야 《다이키치마루》에서 먹기로 했다.

향토 요리, 특히 해산물이 맛있다고 한다.

유우토는 렌트카를 운전해야 하기에 우롱차. 가지와 하라미도 배려해준 건지 모두 소프트 드링크로 건배했다.

하얀 모래가 메뉴판도 보지 않고 주문했다.

"모듬회 3인분, 섬 고추 계란말이 2인분, 신선초 덴뿌라 2인분, 섬 초밥 3인분. 그리고……."

그녀가 모두의 얼굴을 번갈아가며 바라보았다.

"……쿠사야는 어떻게 할까요?"

쿠사야.

하라미가 딱 잘라 말했다.

"물론, 주문해야지!"

"뭔데?"

마리가 고개를 갸웃거렸다. 노노카가 설명해 주었다.

"하치조지마 명물이고, 생선을 말린 거예요. 그런데 냄새가 정말 강렬하다는 소문이 있어요."

"흐음~, 괜찮지 않을까?"

가지는 미묘한 표정을 지었지만 거부하진 않았다.

모듬회는 굳이 말할 필요도 없을 것이다. 맛있다는 말밖에 할 말이 없었다.

섬 고추 계란말이는 섬 고추를 섞어서 만든 계란말이고, 일반적인 계란말이의 단맛 다음에 찌잉하게 매운맛이 남았다. 일본주와 어울릴 것 같았다.

그리고 쿠사야가 나왔다.

테이블 가장자리에 놓였다.

보기에는 그냥 말린 생선 같았다.

"호오, 이게. 뭐, 소문만큼 냄새가 강하지는……, 으윽?!"

나도 모르게 깜짝 놀랐다.

"이게 뭐야, 냄새나!"

흥미로워하며 보고 있던 마리가 인상을 찌푸렸다. 노노카의 입가가 굳어졌다.

하라미가 웃음을 터뜨렸다.

"아하하하! 진짜 냄새가 심하네~."

"……먹는 거, 맞죠?"

가지가 겁이 난다는 듯이 물었다.

유우토는 하치조지마에 온 뒤로 제일 진지하게 말했다.

"억지로 드실 필요는 없어요."

하얀 모래가 쿠사야 쪽으로 젓가락을 뻗었다.

"자자, 냄새가 좀 자극적이긴 하지만 맛은 평범하다고요."

샤샤, 앞접시에 살을 담았다.

드세요———, 그렇게 말하며 유우토 앞으로 내밀었다.

"으, 응."

"……윽."

절레절레절레, 가지가 울상을 지으며 고개를 좌우로 흔들었다. 그녀는 기권하려는 모양이다.

노노카도 확실하게 거절하진 않았지만 몸을 조금씩 떨고 있었다. 이쪽도 무리하지 말라고 했다.

"죄, 죄송합니다……."

"나는 먹을래."

마리는 제일 먼저 냄새난다고 했지만 이번에도 푸드 챌린저였다. 하얀 모래가 앞접시를 내밀자 인상을 찌푸리면서도 생선 살을 입에 넣었다.

냠냠, 씹었다.

"음……, 평범……한 말린 생선을 엄청 진하게 만든 맛이네."

"이거에 익숙해지면 일반적인 말린 생선은 뭔가 아쉬워지거든요~."

하얀 모래는 하라미와 자기가 먹을 분량도 담았다.

하라미가 말했다.

"유우토, 얼른 먹어."

"……왠지 입에 냄새가 남을 것 같아서 겁이 나는데."

"그, 그럴 리가 없잖아?!"

"그럼 하라미가 먼저 먹어."

"너, 남자잖아?!"

이해가 잘 안 되는 말싸움을 하다가 결국 둘이서 동시에 먹었다.

건어물 맛을 진하게 만든 것 같은 맛이긴 했다.

냄새는 그렇다치더라도 맛은 평범했다. 오히려 맛있었다.

유우토는 감상을 이야기했다.

"……나쁘진 않은데, ……식탁에 엄청난 일이 벌어진다는 게 단점이라고 해야 하나."

냄새가 풍겨서 모든 요리가 쿠사야 같다. 가지와 노노카가 의자를 멀찍이 떨어뜨리고 있었다.

남저니는 하얀 모래가 먹고 접시를 치워달라고 했다.

두 잔째 우롱차를 다 마셨을 무렵, 그제야 평온을 되찾았다.

주황색 초밥이 나왔다.

"이게 하치조지마 명물——, 섬 초밥이에요."

하얀 모래가 설명했다.

약간 노란색이 들어간 참치 초밥처럼 보인다.

"……생선을 간장에 절여서 약간 달달한 밥에 얹은 초밥이죠. 고추냉이가 아니라 간 고추를 넣은 게 특징이고요."

"매워?"

마리가 묻자 하얀 모래가 '달콤하면서 매운 느낌이죠~'라고 대답했다.

역시 향토 요리점 딸이라 그런지 잘 알고 있다.

백문이 불여일견.

유우토는 먹어보았다.

달다. 생선의 기름진 맛이 입안에 퍼졌다.

그리고 코로 빠져나가는 고추 향기.

"호오……, 좋은데."

"흐아앙! 정말 맛있어요오!"

소리내며 감격한 사람은 노노카였다.

가지도 고개를 끄덕였고, 하라미가 두 개째 초밥을 집었다.

마리의 입에는 초밥이 너무 컸는지 먹는데 고생하고 있었다.

눈깜짝할 새에 접시가 비었고, 하얀 모래가 점원에게 추가로 주문했다.

노노카가 황홀한 표정을 지었다.

"섬 초밥……, 최고예요, 섬 초밥……."

나가사키에서 먹었던 쿠에에 이어서 좋아하는 음식이 늘어난 모양이다.

하라미가 쓴웃음을 지었다.

"노노노를 꼬실 남자는 힘들겠네~. 좋아하는 음식이 쿠에 전골에 섬 초밥이라니~."

파닥파닥, 노노카가 두 손을 좌우로 흔들었다.

"그, 그렇게 떼를 쓰진 않을 거예요."

"그래도 좋아하지?"

"……네."

"아하하하!"

“그, 그래도, 저는……, 뭐든 맛있게 먹거든요!”
그런 느낌으로 저녁 식사를 즐겼다.

21시――――.
호텔로 돌아왔다.
유우토는 방에 있는 샤워실에서 몸을 씻은 다음 침대에 쓰러졌다. 눈을 감았다.
“휴우……, 오늘은 일찌감치…….”
띵동~.
착신음이 울렸다.
보조 탁자로 손을 뻗어 스마트폰을 들었다.

하라미『마시자!』

가지와 하라미의 방으로 초대받았다.
“실례합니다.”
“어서 오세요, 유우토 씨.”
문을 열어준 가지가 미소를 지었다.
“들어와, 들어와.”
침대에 걸터앉은 하라미가 손짓했다.
낮은 탁자에는 술안주와 낯선 병이 놓여 있었다.
“뭐야?”
“섬 소주!”

이미 취한 건가 싶을 정도로 신이 난 하라미 대신 가지가 설명해 주었다.

"하치조지마 명물 중에 섬 소주가 있어요. 150년 전에 섬으로 유배당한 사츠마 출신 인물이 제조법을 전해주었다고 하네요."

"재미있는 에피소드네."

그런 일화를 들으니 흥미가 솟구쳤다.

하라미가 라벨이 붙은 큰 병을 들어올렸다.

"본격 소주 《야에츠바키》! 하치조지마에 왔으니 이걸 마셔야지."

"……니시키 같네."

"잠깐?! 그렇게까지 술꾼은 아니거든!"

"하하하……."

가지가 잔을 준비해 주었다.

"사실 저녁 식사 때 마셨으면 좋았겠지만, 이런 이야기를 미성년자 앞에서 하는 건 좀 그럴 것 같아서요."

노노카나 하얀 모래가 미성년자이긴 하다. 그녀들 앞에서 우리끼리만 즐기는 것도 좀 껄그럽다.

"어라? 마리는?"

"이미 잠들어버렸어."

하라미가 어깨를 으쓱였다.

그렇다면 어쩔 수 없지.

마리는 유우토보다 덜 잤을 것이다. 게다가 우라미가 폭포까지 산책을 다녀오고, 온천에서도, 슈퍼에서도 신이 났었다. 일찍 자버리는 것도 당연한 건가?

유우토 앞에 잔이 놓이고 투명한 액체가 차올랐다. 양은 손가락 하나 정도.

"일단 스트레이트로 맛을 보자."

"흐음, 흐음."

마셔보니 입안에 맛이 화악 퍼졌다.

보리 소주 안에 달달한 고구마 향기.

충분히 맛을 본 다음 가지가 말했다.

"이건 보리 소주에 고구마 소주를 블렌드한 술이라고 해요. 독특한 맛이네요. 어떠신가요?"

"맛있……는 것 같은데, 좀 세네."

"그렇죠. 큐슈에서는 따뜻한 물 4에 소주 6을 타먹는 비율이 제일 맛있다고 하네요. 한번 그렇게 해보죠."

하라미가 냉장고에서 얼음을 꺼냈다.

"나는 온더락으로 먹어볼까."

잔에 얼음을 넣고, 소주를 그대로 따른 다음, 적당히 차가워지고 얼음이 녹아서 연해졌을 때 단숨에 마셨다.

냉장고에는 라벨이 없는 페트병도 들어 있었다.

가지가 따뜻한 물에 소주를 타면서.

"샘물을 떠왔어요. 섬 소주를 하치조지마의 샘물에 타먹는 건 여기에서만 즐길 수 있으니까요."

"그거 좋은데."

"아, 안주도 있어! 매실장아찌나 레몬이 어울린대."
평소와는 달리 신이 난 하라미가 테이블에 안주를 늘어놓았다.
유우토는 따뜻한 물에 탄 소주를 마셨다.
"오오……, 스트레이트로 마셨을 때 느꼈던 센 느낌이 없어져서 쭉쭉 마실 수 있겠네."
가지가 숨을 내쉬었다.
"후우~, 맛있네요……."
하라미가 잔을 단숨에 비웠다.
"크으~, 온더락 최고인데."
페이스가 너무 빠른 거 아닌가――, 그런 생각이 들긴 했지만 한 병 정도라면 괜찮을 것 같았기에 잠자코 있었다.
하라미가 으스대는 표정으로 두 병째 술을 꺼냈다.
"하치조지마의 일품, 본격 소주《섬 유배》!!"
뭐, 두 병 정도라면…….
괜찮을 리가 없었다.

†

하라미가 주정을 부렸다.
"애니메이션 스케줄이 앞당겨졌다고. 진짜 힘들어! 알겠어?! 알아주는 거야?!"
"연기되는 경우는 가끔 듣긴 했는데……, 그런 경우도

있구나."
"뭐, 나보다 스튜디오 사람들이 훨씬 더 힘들다는 건 이해가 되지만 말이야~."
"괜찮은 거야? 작화 같은 거."
"그건 진짜 내가 어떻게 할 수 없는 거니까."
"그야 그렇겠지."
꿀꺽꿀꺽, 소주를 마시며 이야기를 나누었다.
이럴 때 나오는 건 보통 일에 대한 불평 이야기였다.
하라미가 물었다.
"유우토는 수록 현장에 갔었어?"
"애니메이션? 뭐, 일단 가긴 했는데……, 미묘한 추억밖에 없네."
"어떤데?"
"눈치가 보이거든. 수록 현장의 주역은 성우 분이잖아. 그곳에서 원작 쪽에 요구되는 건 캐릭터나 스토리의 해석이겠지?"
"뭐, 그렇겠지."
어떤 대사에 대해 미묘한 감정의 차이라든가. 연기에 드러낼 뒷설정이라든가. 그런 정보가 필요할……, 때도 있다.
유우토는 잔을 끝까지 비웠다.
"그런 부분에 대해 일러스트레이터가 할 수 있는 말은 거의 없단 말이지……, 소설가하고 마찬가지로 정중하게 대접해주긴 하는데, 아무런 의견도 낼 수 없고, 아무것도 물어보지 않아."

"윽……, 그렇긴 하겠네."

하라미는 원고를 제대로 읽고 나서 일러스트를 그리는 타입이긴 하지만, 그래도 '열렬한 독자' 정도에 불과할 것이다.

유우토도 마찬가지였다.

"《고양이소나》 수록 때는 나나 마리나 첫 번째하고 마지막만 참가했고……, 원작 쪽에서는 나가이 씨만 참가했을 거야."

"항상 고생하는 편집자 분 말이지."

하라미가 조용히 술만 마시고 있던 가지에게 물었다.

"가지 씨는?"

"……수록 현장요? 불려간 적이 없네요."

"어?! 가지 씨가 캐릭터 디자인을 맡은 게임, 몇 개나 애니화되지 않았어?"

가지가 잔을 기울였다.

"……저, 애니메이션이나 성우는 잘 알지 못해서 불려가도 곤란한데요……, 애초에 게임 쪽은 관계자가 많거든요."

"그래?"

"수록을 하게 되면――――, 플랫폼 프로듀서, 투자 회사의 프로듀서, 개발 회사의 프로듀서, 치프 디렉터, 시나리오 회사의 프로듀서, 담당 라이터, 그밖에도 성우 사무소 매니저 등등……, 물론 음향 감독하고 믹서는 반드시 있고요. 의자가 부족할 정도죠."
"흐에엑."
"그러고 보니까……, 제가 참가했던 건 아닌데, 원작이 있는 소셜 게임이 다른 작품하고 콜라보를 할 때 스탭실에 프로듀서나 디렉터라는 직함을 가지신 분만 열 분이나 계셨다네요."
유우토는 쓴웃음을 지었다.
"대단하네……, 뭐, 라이트노벨이 원작인 애니메이션이면 수록 현장에 그렇게까지 많이 오진 않을 텐데."
하라미가 지친 듯한 표정을 지었다.
"나, 높은 사람은 좀 껄끄럽단 말이지~."
"신처럼 대해주는 걸 좋아하는 거 아니야?"
"백성들이 그렇게 해주는 건 기쁘지. 높은 사람이 일 때문에 고개를 숙이는 거하고는 다르잖아."
"그렇구나……, 뭐, 무리하지 말고 작가하고 편집자에게 맡겨두면 되는 거 아니야? 후학을 위해 한 번 정도는 봐두는 게 좋을 것 같긴 하지만."
"으~, 그렇게 할게~."
그녀는 소주를 꿀꺽, 삼켰다.
잡담이 이어지다가――.
하라미가 느릿느릿 일어섰다.
"화장실."
그렇게 말하고 방문 쪽으로 향했다.

유우토가 고개를 갸웃거렸다.
“어디 가? 화장실이라면 이 방에 있잖아.”
어지간히 취했다고 생각했다.
하라미가 혀를 내밀었다.
“메롱~. 소리가 다 들리잖아?! 소녀는 신경 쓰는 법이라고!”
“그렇구나.”
“대욕탕으로 가는 도중에 있었지.”
“그래, 있었던 것 같네. 꽤 걸어가야겠지만.”
“술 깨는데 딱 좋겠네~.”
문이 닫혔다.

†

완전히 조용해졌다.
갑자기 가지와 단둘이 남았다.
“유우토 씨, 한 잔 더 어떠세요?”
“그럼 온더락으로.”
“네.”
좋은 기회인 것 같다———, 유우토는 그렇게 생각했다.
이야기를 꺼내려면 지금밖에 없다.
유우토는 잔을 받아들고 혀에 기름칠을 하려는 듯이 술을 단숨에 마셨다.

입을 열었다.

"……가지 씨."

"네, 한 잔 더 드릴까요?"

"아니……, 먹긴 할 건데, 그게 아니라…………, 수영장에서 한 이야기 말인데."

"윽."

가지의 표정이 굳어졌다.

즐겁게 술을 마실 때 할 이야기가 아닐지도 모르겠다.

하지만———.

"미안. 오해하지 말았으면 하는데……, 전혀 다른 뜻은 없고. 실례가 된다면 못 들은 걸로 해도 되니까."

"……."

가지가 조용히 유우토의 이야기를 듣고 있었다. 절벽에서 수면을 향해 뛰어내리는 듯한 기분이었다.

"……우리 집에 오는 건 어떨까?"

그녀가 눈을 동그랗게 떴다.

몸이 굳은 채 아무런 대답도 하지 않았다.

유우토는 급하게 덧붙여 말했다.

"착각하지 말았으면 해. 사무실 대신 코타츠 방을 써도 상관없다는 의미고, 다른 의도는 없어. 아, 정 뭐하면 가지 씨가 와 있는 동안에는 내가 노래방에서 일을 해도 되고.

나 같은 경우에는 모르는 남자가 들어오진 않을 테니까."

그녀가 고개를 저었다.

"……안 돼요. 유우토 씨에게 그렇게 폐를 끼칠 수는."

"폐를 끼치는 게 아닌데."

가지가 어두운 표정을 지었다.

"……죄송합니다."

"사과할 게 있나?"

"유우토 씨는 자상하시니까……, 곤란하다는 말을 하는 게 아니었어요. 자신을 돌아보지 않고 손을 내미시는 분이니까."

"아니야. 나는 말이지, 나 자신을 위해서 말한 거야. 내가 방에서 편하게 그림을 그리고 있을 때, 가지 씨가 공원에서 일을 하고 있으면 도저히 견딜 수가 없으니까."

"……어째서요?"

새삼 그렇게 묻자 감정의 정체를 알 수가 없었다.

우정? 니시키나 하라미가 비슷한 처지였다면 이렇게 제안했을까? 했을지도 모르겠다. 하지 않았을지도 모르겠고.

유우토는 솔직하게 말했다.

"모르겠어."

가지가 안타까워하는 것 같기도 하고 안심한 것 같기도 하는 표정을 지었다.

"……유우토 씨답네요."

"어린애 같아서 미안해."

"아뇨, 저야말로……."

"억지로 강요하진 않을게. 그래도 감기에 걸리거나 그러면 큰일이니까. 하라미도 나중에 사정을 알게 되면 껄끄러워할 테고."

그녀가 고개를 숙였다.

"그건……, 그렇긴 하죠……."

"나도 알게 되고 나서는 신경 쓰여서 어쩔 줄 모르겠어. 오히려 나를 도와준다고 생각하고……, 어떨까?"

"저를 도와주시는 건데……."

"도저히 안 되겠어?"

한참 망설인 다음, 가지가 고개를 끄덕였다.

"알겠어요……, 유우토 씨의 호의에 기대도록 할게요."

쑤욱, 온몸에서 힘이 빠져나가는 듯한 기분이었다.

진심으로 안심이 되었다.

"다행이다~."

"……?"

가지가 의아하다는 듯이 고개를 갸웃거렸다. 보아하니 유우토가 불안해하던 이유를 잘 이해하지 못한 모양이었다.

"아, 아니…… 가지 씨가 나까지 성희롱을 하는 녀석이라고 생각하면 어쩌나 싶어서 말이지."

그녀가 눈을 동그랗게 떴다.

그리고 잔을 떨어뜨릴뻔 할 정도로 웃었다.

"어머, 그런 걸 걱정하고 계셨나요?!"

"그야 그렇지."

한참 웃고 나서 가지가 말했다.

"유우토 씨, 제가 경솔한 여자이긴 하지만……, 아무리 그래도 신뢰하지 않는 남자하고 여행을 갈 정도는 아니거든요?"

"아……, 그렇죠. 죄송합니다."

"제가 유우토 씨를 믿고 있다는 걸, 좀 더 믿어주셨으면 해요."

가지가 왼손을 뻗었다.

그 왼손 약지손가락에는 유우토가 선물한 반지를 끼고 있었다.

그녀의 손이 내 오른손을 잡았다.

잡아당긴다.

영문을 알 수가 없는 상황에서 가지가 자신의 가슴 쪽으로 유우토의 손을 끌어당겼다. 닿지는 않았지만……, 손가락을 약간만 뻗어도 옷에는 닿을 것이다.

"가, 가지 씨……?"

긴장한 표정을 짓고 있던 그녀가 슬쩍 미소를 지었다.

"보세요! 유우토 씨는 이상한 짓을 하지 않으세요. 술을 드신 상황에서도 실수를 저지르지 않는 사람이에요."

"그런 의미였구나."

———굳이 말하자면 너무 놀라서 굳어 있었을 뿐인 것 같은데요?

그런 상태로 가지가 물었다.

"유우토 씨, 좀 전에 하신 말씀 말인데요……, 정말로 응석을 부려도 될까요?"

"물론이지. '다시 생각해보니 안 가는 게 낫겠다'고 하면 내가 무슨 실수를 해서 신뢰를 잃은 것 같으니까."

"후후……, 가도 괜찮은 날짜는 언제인가요?"

"언제든 상관없긴 한데. 뭐, 그 방에 세 명이 있기는 좁으니까——, 노노카가 안 오는 월, 수, 금이 나으려나?"

"아, 안 가는 날도 있군요."

"요즘은 수영부하고 학원 때문에 그런 것 같아. 이제 곧 3학년이니까."

"중학생이니까요."

"그렇지."

"그러고 보니까 노노카……, 진로 때문에——."

그녀가 그렇게 말하려던 참에 콰앙, 방문이 열렸다.

하라미가 소리쳤다.

"다녀왔습니다~!!"

가지의 가슴 쪽으로 뻗고 있던 오른손을 엄청난 속도로 거두었다. 내가 이렇게 빠르게 손을 움직일 수 있었나, 그렇게 놀랄 정도로.

나와 마찬가지로 동요한 모양인지——.

가지가 떨리는 목소리로 하라미를 맞아주었다.

"어, 어서 오세요오."

"응. 아, 따뜻한 물에 소주 좀 타줘~."

하라미가 침대에 걸터앉았다.

못 봤구나…….

휴우, 몰래 안도의 한숨을 쉬었다.

유우토는 차가운 물에 소주를 타달라고 한 다음, 잔에 입을 가져다댔다. 역시 맛있다.

하라미가 고개를 갸웃거렸다.

"왜 가슴을 만지고 있었어?"

코로 소주를 뿜었다.

†

시계 바늘이 두 바퀴 돌고, 달력 날짜가 조용히 바뀌었다.

완전히 얼굴이 빨개진 하라미가 끙끙댔다.

"더워."

"…………"

가지도 눈빛이 바뀌어 있었다.

마시는 속도가 너무 빠른 거 아닌가요? 유우토는 그렇게 생각하며 거의 물에 가깝게 탄 술을 마셨다.

이해가 안 되는 건 아니지만…….

하라미는 주위 사람들이 깜짝 놀랄 정도로 의뢰가 많이 들어와서 오랫동안 일만 하며 살았다.

가지의 상황은 수영장에서 이미 들었다.

빠르게 마시고 싶어질 정도로 울분이 쌓였던 건지도 모르겠다.

유우토는 잔을 내려놓았다.

"슬슬 마무리를……."

"벗으면 되겠구나. 난 참 머리가 좋다니까~."

"뭐?"

말릴 틈도 없이 하라미가 탱크톱에 손을 대고 쑤욱, 위로 빼냈다.

상반신에 붉은색 브래지어만 남았다.

유우토는 자기도 모르게 소파와 함께 뒤로 넘어질 뻔했다.

"뭐, 뭐하는 거야? 하라미?!"

아무리 보여줘도 되는 계열 속옷이라고 해도 그건 슬쩍 보여줄 때 이야기다. 그런데 잘 생각해보니 수영복도 마찬가지인가?

낮에 수영장에서 잔뜩 보여줬으니까 신경 쓰지 않아도 될지 모르겠다. 그런 건가?

가지가 한숨을 쉬었다.

당연하지.

엄하게 혼내려나――, 그렇게 생각하고 있자니.

"카미에 양, 저도 더워요."
"그럼 가지 씨도 벗지 그래?"
"그렇죠."
멍하니 고개를 끄덕인 다음, 그녀가 블라우스 단추를 풀기 시작했다. 마치 유우토가 보이지 않는 것처럼.
톡, 톡……, 손이 느릿느릿 움직이긴 했지만 기어코 가지가 앞을 풀어헤쳐버렸다.
"하으……."
멍한 눈빛으로, 쳐다보면 안 될 것 같은 옷차림으로 잔에 입술을 가져다댔다.
유우토는 술기운이 완전히 날아가버렸다.
"~~~~~~읏?!"
알아들을 수 없는 비명을 질렀다.
하라미가 주먹을 쥐었다.
"좋았어!"
뭐가 '좋았어'라는 거야? 그리고 하라미는 자기 핫팬츠에 손을 댔다. 스륵, 내렸다.
동그란 엉덩이가 드러났다.
마찬가지로 가지도 자연스럽게 치마 단추를 풀었다.
"응……, 편하네……."
———이제 안 되겠다.
가지도 완전히 술에 취했다.
유우토는 소파에서 일어섰다.

"자야지."
도망치듯이 두 사람의 방을 나선 다음, 자신의 침대로 뛰어들었다.

니시키, 카미에, 노노노, 가지, 하얀 모래, 마리(7)
노로 나왔다! 딱딱한 똥도 나왔어!
그랬구나……, 다행이야.
다행이에요.
정말로.
다행이네. 지금이라도 올래?
정말, 저녁쯤에 돌아갈 비행기가
떠나버리잖아.
젠장~!

Episode 9. 섬의 아침 햇살

매우 지친 상황에서 알코올을 섭취하고 침대에 누웠는데도 벌떡 일어나버렸다.

유우토는 땀을 닦았다.

"으으으……, 이상한 꿈을 꾼 것 같은데……."

그런 인상만 머릿속에 남았고, 어떤 꿈이었는지는 기억에서 사라졌다.

창밖은 어둑어둑했다.

———아직 해가 뜨기 전인가? 슬슬 해가 뜨려나?

어둑어둑한 하늘 동쪽만 밝아지고 있었다.

문득 기억났다.

야경이나 아침해를 즐길 수 있게끔 이 호텔은 옥상을 개방해두고 있다———는 포스터 내용을 본 것을.

일부러 어필할 정도니까 분명 멋진 풍경일 것이다.

해가 뜨는 모습을 보고 싶다.

다행이라고 해야 하나, 파자마로 갈아입지 않고 잠들어버렸기에 스마트폰과 지갑만 챙겨서 방을 나섰다.

옥상으로.

중간에 잠을 깨기 위해 자판기에서 캔커피를 샀다.

계단을 통해 올라갔다.

호텔《리도 파크 리조트》옥상———.

철책도 없는 옥상에 자유롭게 드나들 수 있다니, 정말 느슨한 곳이었다.

바람은 불지 않는다.

하지만 최근 이틀 동안과 비교하면 원래 계절을 기억해낸 것처럼 쌀쌀했다.

"휴우……."

아직 수평선 위로 태양이 고개를 내밀지는 않았다. 늦지 않게 왔구나.

구름이 약간 두꺼웠고, 바다와 하늘의 경계가 애매했다. 하늘은 더욱 밝아지며 금빛으로 빛나기 시작했다.

사박, 뒤쪽에서 발소리가 들렸다.

돌아보았다.

커트 앤드 소운 카디건을 걸친 소녀의 모습이 눈에 들어왔다. 한쪽으로 묶은 머리카락이 흔들렸다.

"……노노카."

"좋은 아침이에요, 유우토 선생님."

쌀쌀한 아침에 마신 핫 밀크 같은 미소였다.

유우토도 자연스럽게 미소를 지으며 대답했다.

"좋은 아침. 너도 해가 뜨는 걸 보러 왔어?"

"아, 네…………, 아뇨, 저기……, 죄송합니다. 문이 열리는 소리가 들리길래 쫓아와버렸어요."

"어? 그랬구나……, 사과할 필요는 없어. 같이 해가 뜨는 걸 보자."
"네!"
노노카가 왼쪽 옆으로 다가왔고, 둘이 나란히 서서 동쪽 하늘을 바라보았다.
"……그러고 보니까 이번 여행 때 단둘이 있게 된 건 처음인지도 모르겠네."
조용히 그렇게 말하자 그녀가 어깨를 기대왔다. 유우토의 왼쪽 팔꿈치 근처에———.
툭, 닿았다.
"그렇다니까요."
약간 삐진 듯한 말투였다.
평소보다 약간 어른스러운 행동이었기에 가슴이 두근거렸다.
부르르, 그녀가 몸을 떨었다.
그러고 보니 기온에 비해 옷을 얇게 입은 것 같다.
"추워?"
"괜찮아요."
"아, 이거, 괜찮다면……."
유우토는 들고 있던 캔커피를 들어올렸다. 아직 충분히 따뜻했다.
"……그래도 될까요?"
"잠을 깰까 해서, 절반 정도 마셨으니까."

"그럼 잘 먹겠습니다."
건넸다.
자그마한 손으로 소중하게 감쌌다. 그녀가 천천히 입술을 가져다댔다. 휴우, 숨을 내쉬었다.
"……따뜻하네요."
"다행이네."
아직 해가 뜨려면 시간이 좀 걸릴 것 같다.
날씨가 춥기도 했기에 유우토는 노노카와 몸을 서로 기댄 채 이야기했다.
"여행은 어때? 즐거웠어?"
"후후……, 평생 갈 추억이에요."
"그거 다행이네."
"게다가 아직 끝나지 않았으니까요."
"그렇지."
"유우토 선생님은 어떠셨어요?"
"물론 정말 즐거웠지. 어떤 소설에 나왔던 것 같은데……, 추억은 보물이고, 인생은 보물상자라는 말, 문득 생각나던데."
"보물이 늘었네요."
"응."
"……신선초 우동도 맛있었고요."
"갑자기 자전거를 타고 산에 올라갈 줄은 몰랐지."
"소가 귀여웠어요."
"하얀 모래 양 친가도 대단했고."

"생선이 맛있었죠……, 도미도 괜찮고요. 도미도……."

밤에는 마리와 처음으로 신작 이야기를 했다. 그러고 보니 대충 넘어가버렸는데, 혹시 내 두 번째 애니화 작품이 결정된———, 건가?

"너무 성급한가……."

"뭐가요?"

"아니……, 나는 아침 식사를 한 다음에 수영장에 갔었거든."

"그러셨군요. 우라미가 폭포, 정말 재미있었는데요. 숲 속으로 쭉쭉 들어갔고요."

"그랬구나. 그런 다음에 같이 온천에 갔었지."

"하으으……, 잊어주세요."

"하하……, 이미 보물상자에 넣어버렸어."

"너무 야해요~."

"그러고 보니까 그때는 말을 못했는데……, 정말 잘 어울리더라, 수영복."

"아으으……, 이제 와서 칭찬해주시니까 더 창피하잖아요~. 기, 기쁘긴 하지만요오."

노노카가 몸을 비틀었다.

유우토는 쓴웃음을 지었다.

"오……."

점점 하늘에 빛이 늘어나기 시작했다.

구름이 금빛으로 타올랐다.

수면까지 하늘을 비추며 빛나기 시작했다.

노노카가 숨을 삼켰다.

"……예쁘다."

"응."

"태양은 금빛이네요."

"그렇게 보이지. 금빛으로 빛나는 태양하고……, 비슷한 밝기로 빛나는 구름하고……, 뒤쪽에 햇빛을 받고 그림자를 진하게 드리우는 먹구름하고……, 빛의 길이 드리워진 바다하고……, 하늘은 금빛에서 붉은색으로, 주황색, 노란색, 연노란색, 하늘색, 푸른색, 감색……, 그리고 암흑 그 자체인 지면……."

"멋져요."

그림 같은 경치를 갈매기 한 마리가 가로질렀다.

"아아아……."

유우토도 소리내어 감탄했다.

노노카가 태양을 향해 손을 뻗었다. 그 손가락 끝이 붉은색으로 물들었다.

"이런 광경을 그림으로 남길 수 있따면……, 더 멋지겠네요."

"응."

그녀의 목소리에서 평소와는 다른 기색이 느껴졌다.

그냥 감상이 아니었다.

마치 그녀가 자기 자신을 타이르는 것 같았다.

유우토는 옆쪽을 내려다 보았다.
"노노카, 혹시……."
숨소리조차 들릴 것 같은 거리에서 그녀가 올려다보고 있었다.
"유우토 선생님……, 저……."
왼쪽 팔꿈치에 약간 떨리는 느낌이 전해졌다.
손등이 노노카의 손가락에 닿았다.
그녀의 새끼손가락이 내 엄지손가락 뿌리 부분을 건드렸다. 그 손가락 끝을 맞이하는 듯이 감쌌다. 누가 먼저 그랬는지는 모르겠지만, 손을 잡았다.
따스하다.
체온과 고동이 느껴졌다. 평소보다 빨라진 맥박을 느낄 수 있었다.
노노카가 진지한 눈빛으로 바라보았다.
그 입술이 열렸다.

"저, 일러스트레이터가 되고 싶어요."

그녀의 손을 잡은 채, 유우토는 고개를 끄덕였다.
"괜찮을 것 같네."
노노카의 눈이 촉촉해졌다.
"……이상하지, 않나요? 저……, 중학생인데, 아직 제대로 그려본 적도 없고."

"앞으로 마음껏 그리면 돼. 다른 사람의 가치관 같은 건 상관없으니까."

"네, 네."

그녀의 눈에서 스르륵, 투명한 물방울이 흘러내렸다.

아침 햇살을 받아 금빛으로 빛나며 떨어졌다.

노노카가 기대는 듯이 끌어안았다.

그녀를 받쳐주었다.

"노, 노노카……?"

"저……, 무서워서……! 만약에, 유우토 선생님께서, 안 된다고……, 하, 하시면……."

"그런 말은 안 해."

"그게, 기뻐서……!!"

울먹이며 말하는 노노카를 유우토도 안아주었다.

"응원할게."

"감사합니다."

그 목소리는 말을 마칠 때 울음소리가 되었다.

그렇게 마음 속에 감정을 쌓아두고 있었구나, 그런 생각이 들어서 놀랐다.

오열하는 노노카의 머리에 유우토가 손을 얹었다. 천천히 쓰다듬어 주었다.

점점 그녀의 숨소리가 차분해졌다.

"저기……, 죄송합니다."

냉정해지니 부끄러워진 건지 노노카가 얼굴을 붉이며

살며시 몸을 떼어냈다.

타오르는 듯한 아침 해를 등지고 그녀가 미소를 지었다.

노노카는 언제나 귀여웠지만, 지금은 예쁘다는 느낌이 었다. 자기도 모르게 한숨이 나와버릴 정도로.

"………… ."

"역시 유우토 선생님은 자상하시네요."

"평범한데……."

"그럼 사실 세상 사람 모두가 정말 자상한 거네요."

유우토는 머리를 벅벅 긁었다.

눈을 피했다.

"내가 할 수 있는 게……, 뭐가 있을까?"

빈말이 아니라 노노카가 일러스트레이터를 목표로 삼는 게 불가능한 건 아니라고 생각하고, 응원하고 싶은 마음도 있다.

하지만 지금까지 누군가에게 기술을 배운 적은 없었다.

니시키는 일을 하면서 부하를 지도해주고 있다. 가지는 라이브 드로잉이라고 해서 관중들 앞에서 설명하며 일러스트를 그리는 이벤트도 하고 있다. 나보다 훨씬 가르치는 것에 익숙할 것이다.

유우토도 작업하는 모습을 보여주는 것 정도는――, 아니, 그건 자주 보여줬구나. 이제 와서 무슨.

무력하다.

"……나는 가치가 없네."

"네에?! 유우토 선생님?!"

좀 전에 한 말과 너무 차이가 났기에 노노카가 깜짝 놀라며 소리를 냈다.

유우토는 안타까운 마음에 축 늘어졌다.

"도움이 못 되어서 미안해. 뭔가 필요한 게 있으면 사양하지 말고 이야기해."

한동안 생각하던 그녀가 결심한 듯이 입을 열었다.

"한 가지 부탁드릴 게——."

동쪽 하늘에 솟아오른 태양이 섬을 비추기 시작했다.

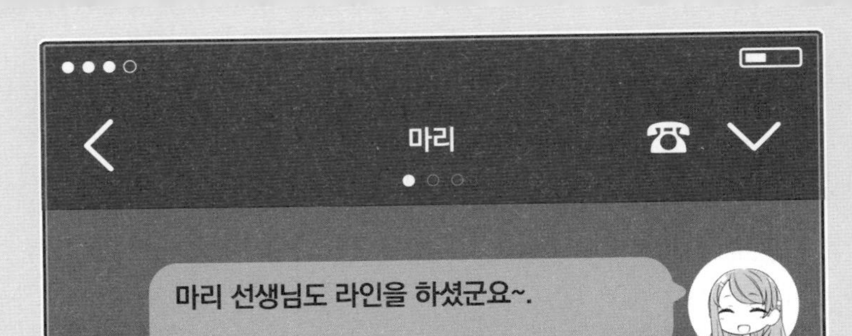

마리 선생님도 라인을 하셨군요~.

유우토 군하고 연락하려고.

저하고도 잘 부탁드려요.

……어차피 연락 안 할 거지?

할 건데요?! 점심도 같이 먹자고 하고요.

……거짓말.

진짜거든요! 수요일 12시에 이케부쿠로 앞에서 만날까요?

……마리 선생님, 대답해주세요?!

Episode 10. 조난

"끄아악!! 실수해버렸다아~!!"

까아앙! 금속음이 울렸다.

숲을 빠져나가는 언덕길이었다.

완만한 왼쪽 코너를 지나가던 도중에 안쪽에 있던 구멍에 왼쪽 앞바퀴가 걸려버린 것이다.

마치 옆에서 걷어 찬 것처럼 차가 강렬한 스핀 모드로 들어갔다. 차체가 옆으로 미끄러졌다. FRP 시트가 옆구리에 파고들었고, 목이 부러지는 줄 알았다.

젖은 노면을 한 바퀴 회전한 다음, 겨우 도로 위에 멈췄다.

몸은……, 무사하다.

엔진은 움직인다.

하지만 왼쪽 앞바퀴가 바깥쪽으로 돌아가버렸다. 핸들은 오른쪽으로 꺾고 있는데…….

———이거, 못 움직이는 상태잖아?!

남은 코스는 절반 정도.

주위는 나무로 둘러싸여 있다.

스마트폰을 꺼냈다.

전파 상황은———, 통화권 이탈.

마지막으로 사람이 있을 것 같은 곳을 지난 게 몇 분 전이었지?

액정 화면에 물방울이 떨어졌다.

하늘을 올려다보니 새까만 구름이 하늘을 뒤덮고 있었다. 커다란 물방울이 떨어졌다.

"진짜로?"

——15시 23분.

†

사흘째 아침 식사 시간——.

유우토는 노노카와 먼저 식당으로 가서 커피를 마시며 기다리고 있었다.

하얀 모래가 마리를 데리고 나타났다.

"흐아아……임."

여전히 하품을 하면서 인사했다.

하얀 모래가 고개를 숙여 인사했다.

"좋은 아침이에요, 유우토 선배. 노노카도."

"응, 좋은 아침."

"좋은 아침이에요!"

그리고 예정보다 조금 늦게——.

하라미와 가지가 식당으로 왔다.

아침 인사를 나누었다.

가지가 울상을 지으며 유우토를 바라보았다.
"저, 저기……, 어젯밤에는……."
유우토는 굳었다.
뭐라고 대답해야 할까.
"음……, 아얏?!"
짜악~! 하라미가 유우토의 등을 때렸다.
"밤에 무슨 일 있었나~?! 나는 술을 너무 많이 마셔서 아무것도 기억이 안 나거든~."
유우토의 입가가 굳었다.
"아……, 응……, 나도 정신을 차리고 보니까 내 방에서 자고 있었고……."
가지가 빤히 바라보았다.
유우토는 마음 속으로 식은땀을 흘리며 덧붙여 말했다.
"물론 가지 씨하고 이야기를 한 건 기억하고 있는데. 아, 가지 씨는 어때?"
"저……, 저는……, 전부 기억하고 있는데요……."
———저도 눈에 확실하게 새겨져 있습니다.
그런 말을 할 수는 없었기에.
유우토는 웃은 다음.
"미안, 진짜로 기억이 안 나거든. 술을 너무 많이 먹었나? 아……, 기억이 날아가버릴 정도로 많이 마시는 건 바람직하지 않겠지. 조심해야겠어."
마치 국어책을 읽는 것 같은 말투였다.

반신반의하는 느낌이긴 했지만, 가지가 납득한 듯이 고개를 끄덕였다.

"그렇죠."

마리가 자리에서 일어났다.

"아침밥, 가지러 가자."

"아, 잠깐만 기다려 주세요, 마리 선생님."

노노카가 쫓아갔다.

하얀 모래와 가지가 뒤따라갔다.

잠시 후 유우토는 하라미와 나란히 서서――, 중얼거렸다.

"덕분에 살았어."

"아, 응……, 저기……, 나도, 조금은 창피하거든?"

"어?"

자기도 모르게 멈춰선 유우토를 남겨두고 하라미가 빠른 걸음으로 먼저 가버렸다.

유우토는 고개를 좌우로 흔들었다.

어젯밤에 있었던 일은 잊어버리기로 했다.

미묘한 분위기를 풍기면서도 아침 식사를 무난하게 마쳤다.

식후――.

테이블에 팸플릿이 펼쳐졌다.

"어디 갈까?"

하라미가 묻자 유우토는 우선 공항을 손가락으로 가리

켰다.

"여기에 17시. 절대로, 절대로 늦으면 안 된다? 그 이후로는 비행기가 없으니까."

"나도 안다니까."

가지가 제안했다.

"오전에는 《하치조지마 역사민속 자료관》에 가볼까요?"

"재미있을 것 같네."

유우토도 흥미가 생겼다.

신기하게도 마리가 질문했다.

"도서관은 없어?"

"있어요. 《하치조 정립 도서관》이라는 곳이죠."

하얀 모래가 대답했다.

노노카가 다른 관광안내 팸플릿을 꺼냈다.

"저기……, 《하치조 식물공원》에 콘이라는 동물이 있는 것 같은데요."

"귀엽네요."

사진을 보고 가지가 미소를 지었다.

하라미가 지도를 손가락으로 가리켰다.

"《지열 발전소》라는 게 뭐야?! 어떤 곳이야?"

하얀 모래가 쓴웃음을 지었다.

"하하……, 미하라산 위에 있는데, 거기도 올라갈 거야?"

"싫어~."

시끌시끌 떠들고 나서———.

결국 자료관, 식물공원, 도서관을 돌아보기로 했다.
각각 거리가 가까우니 렌트카로 두 번 왕복하면 될 것 같다. 꽤 바빠지겠다.

오후———.
이곳저곳 돌아보고 점심 식사.
하얀 모래가 추천해준 라멘 가게로 들어갔다.
하치조지마까지 왔는데 마지막 식사를 라멘 가게에서 한다고? 유우토는 처음에 그런 의문이 들었지만…….
놀랍게도 현지 메뉴가 따로 있었다.
설마 라멘 가게에도 도쿄에서는 볼 수 없는 메뉴가 있을 줄이야.
유우토는 섬 고추볶음밥을 주문했는데, 정말 맛있었다.
잘게 썬 고추를 넣은 볶음밥이었고, 매운맛이 식욕을 자극하며 마지막 한입까지 질리지 않게 해주었다.
섬 고추차슈멘이나 섬 고추교자도 인기가 많았다.

유우토는 스마트폰으로 시간을 확인했다.
"14시라……, 슬슬 선물을 사야겠는데."
"근처에 괜찮은 가게가 있어요."
하얀 모래가 한 말을 듣고 노노카가 몸을 앞으로 내밀었다.
"가고 싶어요! 부모님께서 신선초차를 사다 달라고 부탁하셔서."

"물론 그것도 팔지~."
마리가 고개를 갸웃거렸다.
"노노카……, 부모님이 차를 좋아해?"
"아, 저희 부모님은 일 때문에 해외에 나가시는 경우가 꽤 많으시거든요. 일본에 돌아오면 녹차를 마시고 싶어진다고 하세요."
"호오……, 그럼 나도 살래."
나가사키 여행 때 마리는 선물을 전혀 사지 않았기에 약간 의외였다.
그러고 보니 그녀와 부모님 관계도 좋은 모양이었다. 분명히 녹차 선물을 기뻐해줄 것이다.
확인하기 위해 물었다.
"그럼 선물 가게로 가도 되는 거지?"
가지가 고개를 끄덕였다.
"네. 저도 친가나 친구들에게 선물을 사가고 싶었으니까요."
하라미가 뒷통수에 깍지를 꼈다.
"나는 딱히 상관없는데~. 아직 부모님하고 만날 생각이 없고. 딱히 가져다줄 사람도 없으니까."
"편집자 분은?"
유우토가 묻자 그녀가 혀를 내밀었다.
"못 가져가지~. 담당 편집자 분에게는 비밀로 하고 왔으니까."
"야, 야……."

"절대로 마감 날짜를 넘기진 않을 거니까 괜찮아! 오늘 밤부터 열심히 하면 늦지 않을 거야."

"뭐, 나도 오늘 밤부터 일을 해야 하긴 하는데."

"다들 그런 거지~."

"돌아가서 작업이프할까."

"좋은데."

17시 쯤에 하치조지마에서 이륙하고, 18시쯤에는 하네다 공항에 도착할 예정이었다. 바로 집에 가면 저녁 식사를 한 뒤에 작업을 시작할 수 있을 것이다.

하라미가 살랑살랑 손을 흔들었다.

"그러니까 나는 적당히 관광하고 있을게!"

아, 나도──, 하얀 모래가 그렇게 말하며 손을 들었다.

"선물을 사갈 사람도 없으니까. 가게는 진짜 가까운 곳에 있으니까 안내해줄 필요도 없을 테고."

그러고 보니 하얀 모래는 친가에 갈 때 짐을 잔뜩 싸들고 갔다. 아마 선물이었을 것이다.

유우토는 고개를 끄덕였다.

"알았어. 그럼 공항에서 합류할까?"

"그래요."

만에 하나를 대비해서, 하얀 모래가 그렇게 말하며 스마트폰으로 선물 가게의 위치를 보내주었다.

헤어질 때 하라미가 덧붙여 말했다.

"앗, 유우토. 돈은 나도 절반 낼 테니까 니시키에게 뭔가

사다주자. 안 그러면 시끄럽게 굴 테니까."

"원래 그럴 생각이었는데."

"명물인 것 같으니까 섬 고추가 들어간 과자 같은 게 괜찮지 않을까? 술안주로."

"아니, 아니……."

위장이 약해진 사람에게 너무 자비심이 없네. 하라미에게 고르는 역할을 맡기지 않은 게 당행이다, 유우토는 진심으로 그렇게 생각했다.

†

카미하라 미나미———, 그 본명을 자신도 가끔 까먹을 때가 있다.

이제 부모님밖에 부르는 사람이 없기 때문이다.

유우토와 니시키는 '하라미'라는 별명으로 부르고, 가지나 하얀 모래는 진구지 카미에라는 PN(펜 네임)으로 부른다.

"카미에, 캔디 사자."

미나미는 가게 쪽을 돌아보았다.

"……맛있어?"

"평범하지."

"그럼 살까."

"아하하……, 뭐가 '그럼'이야?"

"적당히~."

걸어가다가 빵집인지, 편의점인지, 반찬 가게인지 잘 알 수가 없는 가게에서 아이스 캔디를 샀다.

훑아보았다.

평범하긴 했다.

꾸우욱, 하얀 모래가 두 팔을 펴고 기지개를 켰다.

"으응~, ……이렇게 섬 이곳저곳을 돌아다닌 건 처음이었네~."

"고향이잖아. 질린 거 아니었어?"

"의외로 말이지. 고향이기 때문에 관광지 같은 곳은 잘 안 가거든. 처음 간 곳은 아니지만 엄청 오랜만에 간 곳도 있어서 즐거웠어."

"그렇구나~."

"엄청 떠들썩한 여행이었고!"

미나미는 쓴웃음을 지었다.

"응. 떠들썩했지~."

"약간 불안하긴 했지만……, 유우토 선배 같은 사람들은 오타쿠니까 제대로 즐겨줄까 싶어서."

"엄청 즐겼거든. 그것만은 확실해."

"다행이다!"

하얀 모래가 진심으로 안심한 듯이 미소를 지었다.

미나미는 떠올렸다.

"산에서 본 경치도 좋았고, 키하치조도 좋았고……, 그렇게 큼직하게 나온 생선 요리도, 섬 초밥이나 패션 후르츠도 처음 보는 것들 뿐이었으니까~. 아, 쿠사야는 아니다 싶긴 했지만."

"정말로 처음이었구나~."

"첫 경험을 해버렸지."

미나미가 한 말을 듣고 하얀 모래가 약간 볼을 붉혔다.

"카미에, 그런 말을 길거리에서 용케 아무렇지도 않게 하네."

"하얀 모래하고는 달리 고향도 아니니까?"

"잠깐……?!"

그녀의 손근처를 손가락으로 가리켰다.

"아이스 캔디, 녹는다, 녹아."

"으아앗?! 어이쿠……, 낼름."

"아하하……, 야하네."

하얀 모래가 인상을 찌푸렸다.

"카미에는 사실 그쪽 취향인 거야?"

"그쪽?"

"여, 여자애가 좋다든가……."

"딱히~? 예쁜 여자는 보기만 해도 기분이 좋고, 귀여운 반응이 재미있긴 한데. 좋아하거나 그러진 않는 것 같아. 어째서?"

어째서 그런 질문을 한 건지.

하얀 모래가 눈을 피했다.

"아……, 아니……"

"……여자애한테 고백이라도 받았어?"

"그, 그런 거 아니거든!"

이 애는 인기가 많을 것 같으니까———, 미나미는 그렇게 생각했다.

하얀 모래가 볼을 붉히고 있는 옆얼굴은 예쁜 느낌과 귀여운 느낌, 그리고 멋진 느낌까지 겸비하고 있었다.

"하나에 세 가지 맛."

"뭐라고?"

"아니, 아니, 아무것도 아닌데……."

미나미는 둘러대려는 듯이 엉뚱한 방향을 보았다.

문득 낯선 글자가 눈에 들어왔다.

"응? 뭐지?"

눈에 들어온 것은———.

공공도로 카트였다.

이른바 고카트에 윙커와 사이드미러를 달아서 공공도로를 다닐 수 있게 만든 것이었다.

'카트 대여'라는 깃발이 세워져 있었다.

미나미는 가게로 찾아갔다.

"이거, 빌릴 수 있어?!"

카운터에 있던 아저씨가 미소를 지으며 고개를 끄덕였다.

원동기나 자동차 면허가 있으면 누구든 운전할 수 있어요———, 그렇게 설명해 주었다.

"있어! 나, 면허 있어!"

하얀 모래가 당황했다.
“잠깐……, 카미에?! 설마 빌리려고?”
“미안해, 하얀 모래. 실은 나, 해보고 싶은 게 있거든.”
“뭔데?”
“섬을 한 바퀴 돌아보고 싶었거든. 그런데 유우토가 렌트카 운전을 맡겨주지 않았고, 전동이긴 하지만 자전거는 힘들겠다 싶어서.”
“아, 그렇구나~. 그래도 위험하지 않을까? 장롱면허라며?”
“괜찮겠지. 스쿠터 정도 성능인 것 같으니까.”
“탈 것의 성능이 아니라 카미에의 실력을 걱정하는 건데…….”
“괜찮아~, 괜찮아~.”
미나미는 손을 살랑살랑 흔들었다.
하얀 모래가 어깨를 으쓱였다.
“———뭐, 그래도 조심해야 해.”
아직 하고 싶은 말이 산더미처럼 남아있는 듯한 표정을 지었지만, 더 이상 말리진 않았다.
가게 아저씨가 어떻게 할 건지 물어보았다.
미나미는 대답했다.
“빌릴 거야!”
요금을 선불로 내고 각서에 사인을 했다. 적혀 있는 내용은 일반적인 내용이었고———, 교통 규칙을 지킬 것. 사고가 날 경우 자기 책임. 수리비는 전액 부담. 17시까지 반납할 것.

공항에 17시 집합이니 이곳에 16시까지 돌아오면 여유로울 것이다.

지금은 14시 25분이다.

아저씨가 하치조지마를 한 바퀴 도는데 한 시간 반 정도 걸린다고 했다. 딱 맞는 시간이었다.

미나미가 빌린 카트의 차체번호는 86———.

캔디를 삼킨 다음 여행 가방을 가게에 맡겼다.

아저씨에게 조작 방법을 배우고, 카트의 시동을 건 다음 액셀을 밟았다.

주차장을 한 바퀴 돌았다.

오른쪽이 액셀, 왼쪽이 브레이크, 기어는 전진과 후진뿐. 버튼은 윙커와 경적뿐.

———간단해, 간단해.

핸들은 이를 악물고 돌려야 할 정도로 묵직했지만, 달리기 시작하면 가벼워지는 모양이었다.

주차장 밖으로 나가기 위해 카트를 도로 쪽으로 돌렸다.

약간 걱정되는 표정으로 하얀 모래가 배웅해 주었다.

미나미는 손을 들었다.

"다녀올게! 카페에서 차라도 한 잔 하고 있어. 16시 전에는 여기로 돌아와서 연락할 테니까."

"……안전운전하고!"

"나도 알아!"

공공도로로 나섰다.

액셀을 밟았다. 처음에는 천천히 달리다가……, 금방 끝까지 밟았다.

자전거와는 비교도 안 되는 속도가 나왔다. 바람이 세게 불어닥쳤고, 경치가 뒤쪽으로 날아갔다.

즐거워!

이론이 아니라 직접 체감한 사람만 이해할 수 있을 것이다. 뇌가 저리는 것 같을 정도로 상쾌한 기분에 몸이 떨렸다.

신호는 확실하게 지켰다.

윙커를 켜고 하치조지마 가장자리를 둘러싼 순환도로로 나갔다.

금방 바다가 보였다.

지면이 거친 곳에서는 꽤 높게 튀었다. 딱히 이유는 없었지만 우선 서쪽으로 향했다.

아스팔트가 검은색으로 젖어 있었다.

———이쪽에는 비가 내렸나?

점점 날씨가 흐려지기 시작했다.

평지는 경쾌했다.

하지만 오르막길에 접어들자 엔진에서 소리만 크게 날 뿐이고 속도가 극단적으로 떨어졌다.

"으으으……, 사고 같은 것보다 진짜로 16시까지 돌아갈 수 있을지가 더 걱정되는데……?"

반대로 내리막길은 꽤 빠른 속도가 나왔다.
코오오, 바람이 울렸다.
속도계가 끝까지 돌아갔다.
날카로운 배기음과 온몸을 두들기는 진동.
"YEEEEEE HAAAAA~!!"
소리질렀다.
왼쪽으로 휘어진 언덕길에서 원심력을 버텨내며 안쪽으로 확 꺾어들어갔다.
날아가는 것처럼 흘러가는 주위의 경치.
아스팔트가 뻥 뚫린 곳이 달려들었다.

15시 23분———.
미나미, 뼈아픈 충돌사고.

†

유우토는 선물을 사고 렌트카를 반납한 다음, 공항 근처 카페에서 차를 마시고 있었다.
창문 밖에는 나무들 너머로 바다가 보였다.
날씨가 흐리지만 않았다면 더 멋진 경치였을 것이다.
옆에서 마리가 낮잠을 자고 있었다.
맞은편에서는 노노카가 가족에게 문자를 보내고 있었다.
그 옆에서 가지가 문고본을 읽고 있었다. 북 커버를 씌

워서 제목이 뭔지는 모르겠지만.

약간 신경 쓰였기에 물어보았다.

"가지 씨, 뭐 읽어?"

"네? 저……, 저기……, 카미에 양이 일러스트를 그린 작품요."

"아, 《072소대 전진하라!》구나."

"저번에 그런 일이 있었던 이후에 라이트노벨 삽화 오퍼도 들어와서요. 예전부터 신경 쓰이긴 했는데……, 저는 별로 읽어본 적이 없었거든요."

"그래서 그걸?"

입문자용이라고 하긴 힘든 작품이다. 확실히 말하자면 '찐한' 시리즈인 것 같은데.

가지가 쑥스러워하며 웃었다.

"카미에 양에게 물어보니 '애니화도 되었고, 최신이자 최고의 라이트노벨을 대표하는 작품'이라고 하면서 선물로 주셨어요."

"하라미~?!"

그러고 보니 그 녀석은 자기 자신하고 자기 작품을 정말 좋아했지.

속일 의도가 있었던 게 아니라 진심으로 그런 거겠지만.

가지가 볼을 붉혔다.

"바깥에서는 좀……, 읽기 껄끄럽네요."

"그렇겠지."

그 작품은 성적인 장면이 많고, 삽화도 대부분 옷을 입지 않은 그림이었다.

하라미가 '군복이나 전통복을 잔뜩 조사했는데 전혀 그리질 못하거든?!'이라고 하면서 화를 냈을 정도다.

내용을 살짝 들여다본 노노카까지 볼을 붉혔다.

"하으으……."

가지가 책을 덮었다.

"저기……, 라이트노벨이 원래 이런 건가요?"

"아닙니다."

"그, 그렇죠……, 유우토 씨의 《고양이소나》는 귀여운 느낌이었으니까요."

"마리의 작품은 특히 판타지 느낌이니까."

그녀는 들고 있던 문고본을 내려다보았다.

"그래도……, 처음에는 깜짝 놀랐지만……, 읽어보니 뜻밖의 전개가 많았거든요. 야하기만 한 주인공이 출세해나가는 게 꽤 재미있다고 할까요?"

"애니화까지 되는 작품이라면 그냥 살색만 많이 나오는 작품은 아닐 거야. 읽을거리로서 완성도가 높아야 하니까."

속살을 드러내면 전부 다 잘 팔릴 정도로 어설픈 세계가 아니다.

가지가 물었다.

"이거, 19금 아니죠? 저기……, 꽤 수위가 높은 묘사가 많다는 느낌이었는데요."

옆에서 이야기를 듣고 있던 노노카가 '아으'라는 소리를 내며 고개를 숙였다.

유우토는 진지하게 대답했다.

"출판사마다 기준이 있고, 거기에 맞출 거야. 자주 규제니까 어느 정도 차이가 생기긴 하는데."

"아, 자주 규제군요."

"나라에서 규제하게 되면 큰일이지. 그걸 검열이라고 하는 거니까."

"그렇네요."

"뭐, 규칙이 정해지면 우리는 거기 맞춰서 표현을……, 응?"

이야기하던 도중에 주머니 안에서 스마트폰이 울렸다.

꺼내보니 하얀 모래에게서 전화가 왔다.

묘한 긴장감이 들었다.

통화 버튼을 터치했다.

"네."

『유우토 선배…….』

"무슨 일 있어?"

『……만나기로 한 시간이 되었는데 카미에가 돌아오질 않아요. 전화도 안 받고요.』

"뭐? 어디로 갔는지는 알아?"

『고카트로 섬을 한 바퀴 돈다고…….』

———그게 마지막날에 할 일이야?!

유우토는 시간을 확인했다.

16시 32분.

"아직 시간이 좀 있긴 한데……, 어디 있는지 모르는 거지?"

『네, 네……, 역시 제가 확실하게 말렸으면.』

"아니. 한 번 말을 꺼내면 다른 사람 말은 안 드는 녀석이니까."

『네…….』

"지금 하얀 모래 양은 어디야?"

그녀가 카트 대여점 이름을 가르쳐 주었다.

거기서 기다리고 있으라고 말했다.

이 카페에서는 뛰어갈지 택시를 타고갈지, 고민이 될 정도로 미묘한 거리였다.

유우토는 통화를 마치고 노노카와 가지에게 말했다.

"하라미하고 연락이 안 된다나봐. 어떻게든 할 테니까 먼저 마리하고 공항으로 가줄래?"

가지가 몸을 일으켰다.

"그럴 수가……?!"

"괜찮아. 그렇게 걱정할 필요는 없으니까."

"그래도……."

"내가 확인하고 올 테니까 맡겨줘."

여전히 동요한 표정이었지만, 고개를 끄덕였다.

노노카도 불안해 보였다.

"……알겠어요. 유우토 선생님 캐리어는 제가 가지고 갈까요?"
"아니, 그건……, 음……, 부탁할까?"
무슨 일이 있을지 모른다. 최대한 편하게 가는 게 좋을 것이다.
계속 옆에서 자고 있던 마리가 눈을 번쩍 떴다.
"……또, 누가 줄어들었어?"
"안 줄어들었거든?!"

†

결국 유우토는 뛰어서 카트 대여점에 도착했다. 중간에 비가 내려서 흠뻑 젖었다.
"허억……, 허억……, 허억……."
"유우토 선배!"
유리로 둘러싸인 건물에서 젖는 것도 아랑곳하지 않고 하얀 모래가 나왔다.
"하라미에게서 연락은?"
"아직……."
그녀가 고개를 저었다.
시간은 16시 47분.
이제 웃어넘길 수 없는 시간이 되었다.
"섬을 한 바퀴 돈다면 분명히 순환도로겠지. 택시를 불러서 가달라고 할 수밖에 없겠는데.”

“차로 가도 한 시간 넘게 걸릴 텐데요?!”

다시 스마트폰을 내려다보았다.

찾으러 간다면 아무리 생각해도 17시까지 공항에 도착할 수는 없다.

등골에 기분 나쁜 땀이 흘러내렸다.

“……어쩔 수 없지. 하얀 모래 양은 공항으로 가.”

“선배는요?!”

유우토는 어깨를 으쓱였다.

“그런 거라도 친구니까. 살아있는지 죽은 건지 정도는 확인해야지. 안 그러면 꿈자리가 사나울 테니까.”

“그럼 저도!”

“하얀 모래 양에게는 이걸 부탁할게.”

유우토는 주머니에서 지갑을 꺼냈다. 비행기 티켓 네 장.

“그래도!”

“무슨 일이 있더라도 노노카는 집에 보내야 해.”

“아………….”

내일은 평일이다. 열네 살 아이를 여행에 데리고 와놓고 예정대로 돌려보내지 않는 건 책임이 있는 어른이 할 행동이 아닐 것이다.

“부탁할게.”

하얀 모래가 떨리는 손으로 티켓을 받아들었다. 빗방울에 티켓이 젖었다.

"……알겠어요. 죄송합니다."
"아니, 아니……. 사과해야 할 사람은 하라미밖에 없지."
그리고 전화로 택시를 불렀다.
16시 55분———.
중년 운전사에게 '순환도로를……'이라고 설명하던 때.
하얀 모래의 스마트폰이 울렸다.
그녀가 급하게 전화를 받았다.
"카미에?!"

『미안~, 실수해버렸어. 이제 곧 가게에 도착하니까~.』

휴우우우우우우우……, 하얀 모래가 그렇게 말하며 축 늘어졌다.
축 늘어져서 쓰러질뻔 한 그녀를 유우토가 부축했다. 그녀의 손에서 떨어진 스마트폰을 주워서 전화를 대신 받았다.
"하라미……?"
『어라? 유우토하고 같이 있구나? 아, 혹시 하얀 모래도 벌써 공항으로 갔어?』
아무리 그래도 한 마디 해두어야겠다.

"이 멍청아!!"

『흐아악?!』

“얼마나 걱정했는지 알아!”

이쪽 상황을 알려주었다.

그제야 얼마나 심각한 상황인지 이해한 모양이었다.

하라미가 풀죽은 목소리로 말했다.

『……미안해.』

“그런 말은 돌아와서 모두에게 해줘. 너, 진짜로 다친 곳은 없어? 지금 그쪽은 어떤 상황인데?”

스피커에서 나이든 여자 목소리가 들렸다. 노이즈가 낀 건가 싶었는데, 엔진 소리인 것 같았다.

『음……, 지나가던 경트럭 아주머니가 카트까지 같이 태워줬어~.』

“아, 그렇구나…….”

경트럭이 달리는 소리였구나.

『섬 참외 젤라또도 줬어~. 맛있다.』

“나는 카페에서 먹었던 패션 후르츠 양갱의 맛도 날아가버렸어. 비 때문에 흠뻑 젖었고.”

『나도~.』

“너는 자업자득인 것 같은데…….”

『팬티 속까지 흠뻑~.』

“……그랬구나. 나하고 하얀 모래 양은 택시를 타고 갈 테니까 하라미 너는 그게 마를 때까지 있다가 와.”

『잠깐마아아아아아아안~!! 정말 죄송합니다! 두고 가지 말아주세요~!!』

†

비행기가 이륙하자 안전 벨트 착용 램프가 꺼졌다. 비구름을 뚫고 안정된 모양이었다.

"에취……!!"

재채기를 한 유우토에게 노노카가 수건을 내밀었다.

"괜찮으세요? 유우토 선생님."

"응. 몸이 좀 차가워졌을 뿐이니까."

"모포도 빌릴 수 있는데요?"

"아니……, 젖으면 미안하니까……."

하라미가 가게에 도착한 다음, 급하게 카트를 반납하고 (망가뜨린 걸 정중하게 사과하고), 불러둔 택시를 타고 공항으로 향했다.

유우토 일행은 탑승 게이트에 거의 뛰어든 거나 마찬가지였다.

당연히 옷을 갈아입을 시간 같은 건 없었다.

뒷자리에 앉아있던 하얀 모래가 어이없다는 듯이 말했다.

"단체 손님한테 감사해야지~. 원래는 시간이 지나서 못 탔을 테니까."

이 비행기에는 단체 손님이 탑승해서 하나밖에 없는 탑승 게이트에 길게 줄을 서 있었다. 수속을 밟는 도중에 출발할 수는 없으니 이륙 자체가 늦어진 것이다.

유우토 앞자리에서는 가지가 입을 다물고 있었다. 그런 그녀에게 하라미가 말을 걸고 있었다.

"가, 가지 씨……?"

"흥~."

"정말 죄송합니다!"

"……저는 몰라요."

하네다에 도착할 때까지는 저런 느낌이겠구나, 그런 생각이 들었다.

하얀 모래가 물었다.

"카미에, 그러고 보니까, 카트는 괜찮은 거야?"

"으으으……, 수리비는 확실하게 내야지. 수리를 마친 다음에 청구서를 보내준다고 했어."

"뭐, 그렇게 되겠지~. 자동차든 가전 제품이든 수리를 하게 되면 부품을 본토에서 가지고 와야만 하니까 시간이 걸리거든."

"그런 모양이야~."

유우토가 말했다.

"지면이 젖은 상태인데 내리막길에서 끝까지 밟았다는 이야기를 듣고 소름이 돋더라. 너무나도 멍청해."

"기, 기분이 좋았으니까."

"그런 사람은 운전을 하면 안 돼."

"……네."

자자, 노노카가 그렇게 말하며 달랬다.

"진구지 선생님께서 다치지 않으셔서 정말 다행이에요."

하라미가 울먹거리며 눈에 눈물을 머금었다.

"결혼하자."

"아, 안 해요~."

뒤에서 타다다다다다다다다다다닥……, 소리가 들렸다. 등받이 너머로 살펴보니 하얀 모래 옆에서 마리가 노트북을 두드리고 있었다.

여전히 집중하면 주위 상황 같은 걸 전혀 아랑곳하지 않는다. 멈추지 않는 머신건 타이핑이었다.

하얀 모래가 겁먹은 듯이 뒤로 물러났다.

"저기……, 좀 무서운데요……?"

유우토는 오히려 기뻤다.

"이번 여행이 즐거웠던 덕분일 거야. 이게 마리의 원래 모습이니까."

"호오~."

집필 모드에 들어간 마리의 옆얼굴을 하얀 모래가 빤히 바라보았다.

유우토는 노노카에게 받은 수건으로 머리를 닦았다.

"휴우……."

"고생하셨어요, 유우토 선생님."

"마지막에 허둥지둥해버렸네. 미안해, 노노카."

"아뇨, 아뇨……, 이것도 여럿이서 가는 여행이니까 그런 거죠."

"그렇긴 하지."

하치조지마에서 하네다까지 가는 비행기는 비행 시간이 짧다. 금방 착륙 준비 안내방송이 나왔다.

안전벨트를 찼다.

"와아아……."

창밖을 본 노노카가 소리를 냈다.

유우토도 따라서 보았다.

수많은 조명이 거리의 형태로 반짝이고 있었다.

전체적으로 소프트 포커스 필터를 켠 것처럼 흐리게 보였다. 하치조지마하고는 공기가 다르네――, 그렇게 실감한 순간이었다.

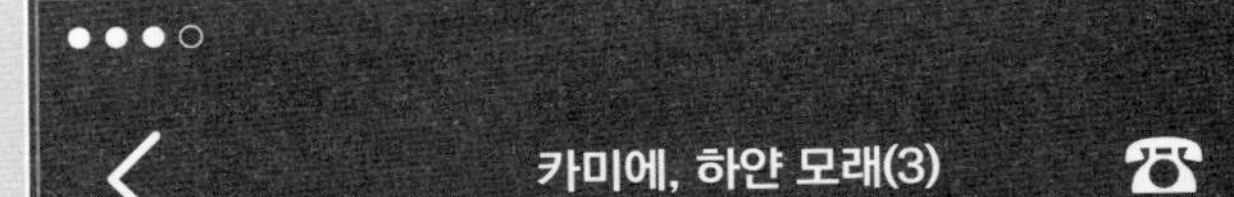

카미에, 하얀 모래(3)

섬 참외 젤라또가 뭐야?

섬 참외라는 게 있는데, 먹는 방법이 까다롭대.

물컹물컹해서 저는 별로……, 비가 많이 내리면 물을 너무 많이 빨아들여서 파열된다던데.

파열된다고?!

젤라또는 맛있었어!

Episode 11. 와콤 리포트

다음 날 저녁———.

유우토는 PC에 스마트폰을 연결하고 사진 데이터를 옮기고 있었다.

"이거하고, 이거하고……."

노노카도 청소기를 돌리다가 멈추고는 화면을 보았다.

"아, 여행 사진인가요?"

"응. 다른 사람들하고 공유할까 싶어서."

"기쁘네요."

"그래도 정말 많이 찍어댔으니까 제대로 골라야지. 이해가 잘 안 되는 사진도 있으니까."

길에서 찍은 이름도 모르는 꽃이나 낡은 원통형 우체통, 호텔의 조명 스탠드 등.

일부러 공유할 필요는 없을 것이다.

노노카가 말했다.

"아, 이 우체통, 귀엽네요."

"응? 아……, 우라미가 폭포로 가는 길에 있었어."

"어……, 저는 몰랐어요."

"그랬구나……, 그럼 이건 공유 폴더에 넣어둘게."

"네!"

그 뒤로도 사진을 골랐다.
노노카가 함께 바라보며 황홀한 듯한 목소리로 말했다.
"……즐거웠죠, 하치조지마."
"또 가고 싶네."
"네! 꼭요!"
"그러고 보니까 하얀 모래 양이 '다음에는 스킨스쿠버 다이빙을 해요'라고 하던데. 이번은 바다에 들어가기 너무 추운 시기였으니까."
계절에 맞지 않는 햇살 덕분에 수영장을 즐길 수는 있었지만, 스킨스쿠버에는 도전하지 않았다.
노노카가 긴장한 듯한 표정을 지었다.
"저, 잠수는 해본 적이 없어요."
"나도 마찬가지야."
"어떤 느낌일까요?"
"들은 이야기에 따르면 마치 하늘을 나는 것 같다던데……. 아니, 갑자기 그렇게 능숙하게 잠수할 수는 없겠지."
아, 그러고 보니까――――, 유우토는 그렇게 생각하며 봉투를 꺼냈다.
안에 리포트가 들어 있었다.
"이런 걸 받았는데."
"그게 뭔가요?"
"여행 중에 와콤을 부탁했던 펫 시터한테 받은 거."
집을 비우는 동안 집에 와서 고양이를 돌봐주는 서비스

였다.

고양이가 어떻게 지냈는지 사진까지 첨부되어 자세하게 적혀 있었다. 어떻게 놀아주었다든가, 물의 소비량이라든가, 용변 상태라든가.

노노카가 굳은 표정을 지었다.

"……제가 돌봐주는 것보다 와콤이 더 행복한 거 아닐까요?"

"아니, 아니……, 뭐, 그쪽은 프로잖아. 참고하면 되는 거 아닐까?"

"그렇겠네요. 설마 인형놀이를 좋아할 줄이야……."

리포트에는 몇 가지 장난감 중에서 새끼 고양이 인형이 마음이 든 것 같았다고 적혀 있었다.

노노카가 꼼꼼하게 읽었다.

"트리밍까지……, 역시 프로네요."

"부탁하길 잘했어. 나가사키 여행 때는 친가에 맡겼는데, 코기(크레용)가 마주 짖고, 누나는 열이 나고, 화장실도 실수하고, 정말 힘들었던 모양이니까."

"어머나……."

노노카가 입을 다물었다.

유우토가 물었다.

"……정말 혼자 괜찮겠어?"

"네. 긴장되긴 하지만 제가 해야만 한다고 생각하니까요."

"알았어. 그럼 나는 밖에 나가 있을게. 미용실을 예약해

두었으니까 한 시간 정도만에 돌아올 거야."

"끝나면 연락드릴게요."

"잘 부탁해."

OA 체어에서 일어나 스웨터를 입은 다음, 주머니에 지갑과 스마트폰을 넣었다.

노노카가 현관까지 나와서 배웅해 주었다.

"다녀오세요, 유우토 선생님."

"……힘 내, 노노카."

"네!"

집을 나섰다.

상점가를 걸어가서 미용실에 도착하기 직전에 스마트폰이 울렸다.

———노노카인가?

아니었다.

스마트폰에 뜬 것은 '제왕문고'라는 글자였다.

"네, 네."

『항상 신세를 지고 있는 제왕문고의 후나야마라고 합니다.』

"유우토입니다. 고생 많으십니다."

보이지도 않을 텐데 등을 쭉 폈다.

전화를 건 사람은 올해 1월 10일에 발매된 신작, 《레인 레인 걸즈》 담당인 여자 편집자였다.

그러고 보니 슬슬 2권 원고가 들어올 시기인가?

『사실 오늘은 중대한 소식을 알려드릴 게 있어서요.』

묵직한 말투로 이야기를 꺼냈다.
기분 나쁜 예감이 들었다.
마른침을 삼켰다.
"네……."
설마, 출간 종료?
아니, 그럴 리가 없지. 작품 평판이 꽤 좋았고, 후나야마는 '기록적인 초기 매출'이라고 하면서 기뻐했다.
코미컬라이즈 이야기가 들어왔다고도 했으니까…….
"아, 코미컬라이즈가 결정된 건가요?"
『그렇죠. 그것도 있는데요.』
"네?"
스피커에서 그녀가 담아두고 있던 말이 흘러나왔다.

『《레인 레인 걸즈》! 내년 방송으로 TV 애니화가 결정되었습니다!』

유우토는 굳었다.
"네……?"
『축하드립니다, 유우토 선생님!』
"……가, ……감사합니다. 네? 그런데 이제 1권이 나왔잖아요?"
『애초에 초기 매출이 괜찮다면, 그런 조건으로 일정을 잡아두었으니까요.』

역시 대규모 레이블에서 잘나가는 작가의 시리즈라는 건가?

어디서 들어본 듯한 이야기.

유우토는 등골이 오싹해졌다.

"앞으로……, 바빠지는 건가요?"

『그렇게 되겠네요! 편집장님이 부디 선생님께서 다른 일을 동시에 잡지 않게끔 다짐을 받아두라고 하시더라고요.』

"어, 그럼———."

예전에 《고양이소나》가 애니화되었을 때는 한 작품이었는데도 대학교를 그만둘 정도로 바빴다.

『벌써 2권 초고가 들어왔고 지금 교정 중입니다. 이번 주 안으로는 보내드릴 수 있을 것 같네요. 잘 부탁드립니다.』

"……네."

쥐어짜냈다.

분명히 기쁘긴 했다. 수많은 작품들 중에서 애니화되는 건 극히 일부에 불과하니까.

하지만 이렇게 연달아 이야기가 들어오다니…….

기쁨과 동시에 불안함이 가슴 속에서 소용돌이쳤다.

†

30분 뒤———.

예정보다 조금 일찍, 현관문이 갑자기 콰앙, 열렸다. 초인종이나 노크 소리도 들리지 않고.

"안녕~! 유우!"

앙칼진 목소리로 그렇게 말한 사람은 쿄바시 아야카——, 유우토의 누나였다.

아직 추운 시기인데도 가슴 쪽을 끈으로 묶은 셔츠 차림으로 섹시한 분위기를 뿜어내고 있었다.

남동생 방에 올 때 입을 옷차림으로는 좀 아닌 것 같은데.

노노카는 한순간 숨이 멎었다.

"……윽, ……어서, 오세, 요."

아야카는 눈앞에 있는 노노카를 무시하고 방을 두리번거리며 둘러보았다.

"……유우?"

"아야카 선생님, 죄송합니다. 유우토 선생님께서는 외출하셔서요."

"뭐?"

노골적으로 기분 나빠하는 표정을 지었다.

팔짱을 꼈다.

크게 한숨을 쉬었다.

"———이상하다고 생각하긴 했지. 유우가 먼저 만나고 싶다고 하다니."

"죄송합니다."

노노카는 고개를 크게 숙였다.

긴장으로 인해 몸이 떨렸다.

쿄바시 아야카가 의심스러워하며 노려보았다.

"나한테 뭔가 할 이야기가 있는 거야? 네가."

역시 감이 좋다.

이것저것 생각해서 준비해 두었는데, 막상 본인 앞에 서니 말이 나오지 않게 되어버렸다.

처음 만난 건 아니지만…….

이렇게 앞에 서있으니 박력이 느껴졌다.

"저기……."

"얼굴을 보고 말하렴. 안 그러면 돌아갈 거야."

"죄송합니다."

노노카는 고개를 들고 아야카를 빤히 바라보았다.

얼마나 악귀 같은 모습일까, 그런 생각에 떨고 있었지만, 제대로 살펴보니 그렇지 않았다.

입술을 다물고 진지한 표정을 짓고 있었다.

아야카는 오른손에 왼손을 겹치고, 등을 쭉 펴고, 똑바로 바라보았다.

"용건이 뭐니?"

노노카는 그 자리에 정좌를 한 다음 숨을 들이마셨다.

공손한 자세를 취하며 말했다.

"———쿄바시 아야카 선생님, 저에게 그림을 그리는 법을 가르쳐 주세요."

미조구치 케이지 선생님의 용어해설 코너

이 코너에서는 작중에 등장한 용어를
일러스트레이터 미조구치 케이지 선생님께서 해설해주시겠습니다!

●선화

러프를 그냥 따라서 그리는 게 전부가 아닙니다!
러프보다 매력적인 선화를 그린다.
이걸 해내지 못해서 그림을 그만두는 사람이 많이 있을 정도로
뛰어난 기술이 필요합니다.
하지만 요즘에는 선화를 그리지 않고 색부터 묘사하는 사람도
늘었습니다. 잘 됐네요!
이제 선화를 잘 그리지 못해도 괜찮아요! (그런데 난이도는 이쪽이
훨씬 높은 모양입니다)

●애니화

라이트노벨 관련 일을 하는 사람이라면 누구든 동경하는(과장)
최종 도달 지점———.
그것이 애니화입니다!
팬이 많이 생기고, 출판사가 밀어주게 되는 것 같고, 앞으로 전개도
기대할 수 있죠.
무언가를 만드는 사람에게 있어서 이것만큼 기쁜 건 없습니다.
그런 애니화 작가가 두 명이나, 여기에! 있다는데요! 두 명이나!!!
여기에!!! (잔뜩 으스대는 표정)

14 열네 살 세와 일러스트레이터

A fourteen and an illustrator.

후기

『14세와 일러스트레이터』 5권을 읽어주셔서 감사합니다.
지은이인 무라사키 유키야입니다.
이 책을 읽고 여행을 다녀온 기분을 맛보셨다면 정말 기쁠 것 같습니다.

TV 애니화 결정!
이 시리즈 『14세와 일러스트레이터』……가 아니라 『이세계 마왕과 소환 소녀의 노예마술』(코단샤 라노베 문고)라는 시리즈입니다만, 애니화가 되었습니다.
그리고 이 작품의 기획 & 일러스트를 담당해주고 계신 미조구치 케이지 선생님의 『청춘 돼지는 바니걸 선배의 꿈을 꾸지 않는다』도 TV 애니화가 결정되었습니다.
정말 멋지네요.
이미 이 작품이 애니화된 거나 마찬가지 아닐까요? 아닌가요? 그래도 그렇게 되게끔 노력하겠습니다. 앞으로도 응원해주시길 부탁드립니다.

이 작품, 『14세와 일러스트레이터』는 Kamelie 선생님의 코미컬라이즈가 사이코미에서 연재 중입니다. 무료 Web

연재이니 즐겨주시면 좋을 것 같습니다.

자, 이번 이야기———, 하치조지마로 여행을 갈 때는 여름이 좋습니다. 취재를 하러 갔을 때는 여름이었는데 말이죠. 집필이 해를 넘기게 되어버릴 줄이야…….

함께 취재를 하러 가고, 수많은 소재를 제공해주신 일러스트레이터 여러분께 감사드립니다. 정말 즐거웠어요!

일러스트, 기획을 맡고 계신 미조구치 케이지 선생님, 이번에도 멋진 일러스트와 스토리를 제안해주셔서 감사합니다.

디자이너 키오 나치 님, 이번에도 괜찮은 느낌인 디자인, 감사합니다!

담당 편집자 카미나가 님, 마음을 고쳐먹겠다고 선언하고 나서 또 늦어져버려 죄송합니다. 다음에야말로……!!

MF문고J 편집부 여러분과 관계자 여러분, 받쳐주고 계신 가족들과 친구들.

그리고 여기까지 읽어주신 독자 여러분께 가장 큰 감사를!

감사합니다.

무라사키 유키야

후기

기간이 좀 걸려버렸습니다. 오랜만입니다! 여러분의 입속 연인, 미조구치 케이지입니다.

자! 이번에는 하치조지마! 아~, 또 취재 여행을 다녀왔습니다(반년 전에).

……아뇨, 그냥 놀러 다녀온 거긴 한데요? 뭐, 둘이 같이 다녀왔으니 소재로 써먹어야겠죠? 안 그래요?

그런 관계로 진짜로 장난 아니게 즐거운 섬이었습니다(어휘력 부족).

밥도 맛있고, 섬 분들도 다들 자상하시고, 놀 거리도 많고, 덤으로 하네다에서 한 시간!

너무 마음에 들어서 아마 저는 정기적으로 놀러갈 것 같습니다.

문제는 또 남자들만의 여행(이번에는 더 늘었음)이었기에 그런 울분을 토해내려는 듯이 수영복, 그리고 속옷에 파자마만, 이렇게 섹시한 장면만 잔뜩 그렸습니다.

아~, 저는 건전한 그림쟁이니까요! 사실 그리고 싶지 않은데 말이죠~! 크아악~!

참고로 스킨스쿠버 같은 것도 해서 작품에 내죠! 무라사키 씨가 그렇게 말씀하셨습니다만.

웨트 슈트로 섹시한 느낌을 드러내는 게 어려웠기 때문에 퇴짜를 맞게 되었습니다. 슬프네요.

……아, 상반신만 벗고 비키니 상의만 드러내는 장면이라면 야하잖아! 어째서 지금에야 생각나는 건데……. (큰 후회)

그건 그렇고. 이번에도 무라사키 씨, 담당 편집자 카미나가 씨, 디자인 키오 씨, 그밖에도 많은 분들께서 협력해 주셔서 책이 나올 수 있었습니다.

그리고 무엇보다 코미컬라이즈를 맡으신 Kamelie 선생님! 사이코미에서 절찬리에 연재 중입니다만, 정말 멋진 퀄리티입니다……, 노노카의 몸, 참을 수가 없네요……, 꿀꺽. 진짜 빈말이 아니니까 다들 보세요!

자, 마지막으로. 개인적인 이야기이긴 합니다만, 이번에 전격 문고에서 삽화를 그린 청춘 돼지 시리즈, 놀랍게도 애니화가 발표되었습니다. 와~, 와~.

무라사키 씨 쪽에서도 애니화가 발표되었으니 이렇게 더블로 경사스러운 일을 기념해서 아헤가오 더블 피스로 이 후기를 마무리하려 합니다.

제 이야기를 들어주셔서 감사합니다. 아헤에.

미조구치 케이지

14세와 일러스트레이터 5

2022년 4월 14일 1판 1쇄 발행

저　　자 무라사키 유키야
일러스트 미조구치 케이지
옮 긴 이 천선필
발 행 인 유재옥
본 부 장 조병권
담당편집자 정영길
편 집 1 팀 이준환 김혜연 박소연
편 집 2 팀 정영길 조찬희 박치우
편 집 3 팀 오준영 곽혜민 이해빈
미　　술 김보라 서정원
라이츠담당 한주원 이승희
디 지 털 박상섭 이성호 최서윤 김지연
발 행 처 ㈜소미미디어
제 작 처 코리아피앤피
등　　록 제2012-000365호
주　　소 서울시 마포구 토정로 222, 403호(신수동, 한국출판콘텐츠센터)
판　　매 ㈜소미미디어
마 케 팅 한민지 최정연 박종욱
물　　류 허석용
전　　화 편집부 (070)4164-3962, 3963 기획실 (02)567-3388
판매 및 마케팅 (070)4165-6688, Fax (02)322-7665

ISBN 979-11-384-0855-4 04830
979-11-6190-199-2 (세트)